マドンナメイト文庫

母乳しぼり わいせつミルクママ

阿里佐 薫

目次

contents

母乳しぼり　わいせつミルクママ

プロローグ

(父さん、今日も遅いんだろうなあ)

京田陽平の父親は、愛知県の田舎のS町で建設業を営んでいた。

このところ「大きなプロジェクトだから」と言って、社長のくせに現場に出てばかりで帰りが遅い。

となると、またあの人と深夜までふたりきりとなる。

(うれしいような、うれしくないような)

畦道を、しばらく歩いて実家に帰る。

「ただいま」

玄関で声かけると、

「おかえりなさい」

と、いつものように義母の明里の声が返ってきた。

リビングに行くと、明里は洗濯物にアイロンをかけていた。ローテーブルの上にアイロン台を置いているから、カーペットに直に座って膝を崩している。

（あっ、明里さん。スカートが……）

膝丈のベージュスカートがまくれあがって、白い太ももが見えていた。ストッキングを穿いていないムチッとした太ももに、中学生で童貞の陽平は心臓を高鳴らせてしまう。

しかもだ。

大きめのシャツにアイロンをかけているから、前屈みになっている。上から見ていると、淡いベージュのスカートの奥に、一瞬だけ白いデルタゾーンが覗けた。

（えっ？　……今の、明里さんの下着だよな……！）

見えた。

完全に見えた。

明里の今日のパンティは白だ。

「どうしたの？」

ぼうっと立っていた陽平を見て、明里は不思議そうな顔をした。陽平は慌てて適当なことを口にする。

「き、今日も遅いのかなあ？　父さん」

訊くと、明里が「えーと」と考えるように視線を右上にやる。

いつものクセだが、これが妙にほんわかした仕草で、やたら可愛い。

「遅いと思うわ。ちゃんと宿題やりなさいって、伝言よ」

「ったく。うるさいよなあ……」

口を開けば、勉強勉強だ。

父親は大学に行かずに苦労したとよく言っている。

ひとり息子を同じ目に遭わせたくないのはよくわかるが、どうにも面倒だ。

「陽くんのこと、心配なのよ、お父様は」

シャツにアイロンをかけながら、明里が言う。

「そうかなあ」

返事をしながら三十二歳とまだ若い義理の母を、陽平はまじまじと見つめた。

（ああ、こんな美人が僕の母親なんだよなあ……もう一年も経ってるのに、まだ信じられない）

明里は昨年、父親と結婚した。

母親が病気で亡くなり、男やもめのところに、生前、母が登録していたということで家政婦の明里が派遣されてきたのだった。

三年前、初めて明里を見たとき、全身の毛穴がざわっとした。

柔らかな栗色で、セミロングのゆるふわにウエーブさせた髪が、色白のハーフ顔によく似合っていた。

大きなアーモンドアイに薄いブルーの眼、そして鼻筋の通った顔立ち。

ハーフを思わせる大人びた美人は、当時二十九歳。

長い睫毛（まつげ）に、重たげな瞼（まぶた）がちょっと憂（うれ）いを帯びていて、中学生には見ているだけでドキドキしてしまうほど、お色気ムンムンなセクシーお姉さんだった。

何を隠そう、陽平の一目惚れである。

なのに……たった一年で、明里は父親と結婚した。

それからだった。

義理の母だとは認めたくなくて、反抗的な態度を取るようになったのは……。

リビングから出ていこうとしたときだ。

「ねえ、陽くん。大事な話があるの」

明里がアイロンを置いて、きちんと正座する。

「……弟って、できたら、うれしい？」

「は？」

思わず目をパチパチさせた。

あまりの衝撃的な言葉に、思考がついていかない。

「はっきり言うわね。妊娠したの、私」

「え？　に、妊娠？」

陽平は、思わず素っ頓狂な声をあげてしまった。

「うん。驚いた……わよね」

明里のお腹に視線をやる。

エプロンをつけた腰や腹まわりは、いつものようにスレンダーで、何も変わっていないように見える。

それよりも、揺れる乳房に目がいった。

いつ見ても大きいが、今日はエプロンの格子柄が歪むほどの隆起で、甘美なふくらみに童貞の少年は股間をムズムズさせてしまう。

「……まだ目立つほど大きくないけどね。たぶん男の子だろうって」

明里の目の下が赤く染まっていた。

(じ、十五歳も年下の弟……いや、それよりも……明里さんは父さんとセックスしたんだ……)

弟ができる、という事実もさることながら、思春期の少年には、父親と憧れの人が性行為をしたということのほうが衝撃だ。

夫婦なのだから、そういうことをするのはわかっている。だけど、気持ちの整理がつかない。

「お、弟ねえ……ふーん」

それだけ言うのが精一杯だ。

「今度きちんと、お父様といっしょにお話しするから」

そう言って、また明里はアイロンがけをはじめた。

(ウソだろ……)

心の中はひどくざわめいていた。

(なんで弟なんか……くそっ)

やりきれない思いのまま、二階に上がる足取りは重かった。

第一章　親友のママの搾りたて母乳

1

中学三年生の冬休みだった。

「陽くん、ごめんなさいね。あの子ったらもう」

友人である高明(たかあき)の母、水原紗菜(みずはらさな)が、赤子をベビーベッドに寝かせてからリビングに来て陽平に向かって眉尻(まゆじり)を下げる。

「いや、来る前に確認すればよかったんです。ごめんなさい」

高明の家に行く時間は決めていたから、そのあとはスマホをいっさい見ずに来てしまったのだ。

高明から、

「部活でちょっと遅れる」

とのラインに気づいたのは、高明の家についてからだった。

「そう言ってもらえると助かるわ。お茶でも淹れるわね。陽くんは、紅茶と珈琲のどっちがいいかしら」

紗菜がソファから立ちあがり、柔らかく微笑んでくる。

目が合うと、どぎまぎした。

というのも紗菜は、仲間内でも美人の母親と有名だったからだ。

優しげで、柔らかそうな雰囲気のママ。

目は大きく、その目尻がちょっとタレ目がちで、それが包み込むような母性を感じさせてくれる。肩までの黒髪をボブヘアにし、片方の目にふわっとかけている様が、大人可愛い感じでキュートだった。

「あ、あの、珈琲でお願いします」

「あら、陽くんは珈琲派なの？」

紗菜はクスッと口元に手をやって、上品に笑う。

おそらく珈琲は中学生にはまだ早いと思われていたのだろう。実際、飲めないのだが、ちょっと高明とは違うと大人びてみたかったのだ。

紗菜はキッチンに入っていく。

グレーのニットに水色の膝丈のフレアスカートという格好(かっこう)で、窓から差し込む逆光に、スカートの布地にうっすらとヒップの形が浮き出ていた。

腰がくびれている。

なのに、そこからふくらむお尻の大きさに息を呑(の)む。

（おばさん、確か三十六歳だっけ……）

その年齢には見えないいくらい若々しいけど、やっぱり同級生の女の子たちと比べるとお尻の大きさは全然違う。

熟成し、甘みの増した桃のような豊満なヒップ。

スカートをピチピチに張りつかせるほどの巨尻が、いやらしすぎる。

（いけない……友達のお母さんを、エッチな目で見るなんて……）

そう思うのだが、ニットも身体にぴったり張りつくタイトなもので、ボリュームあるバストも丸わかりだった。

（去年、子どもを産んだばっかりと思えないな。それにしても、十四歳も差のある弟か……）

紗菜は昨年、高明の弟を産んでいる。

なかなかそんな年の離れた兄弟はいないので、クラスのみんなはそれを聞いて驚いたものだ。

ふいにその一歳の子の寝顔が見たくなって、立ちあがってベッドを覗き込んだ。すうすうと寝息を立てている。

久しぶりにこの家に遊びに来たのだが、まあまあ大きくなった気がする。それでもまだ小さくて可愛らしい。

(明里さんが子どもを産んだら、ウチも同じことになるんだな……)

年の離れた弟ができる。

今はまだ実感も湧かないけど、今度、どんな気持ちになるのか、高明に訊いてみたいと思う。

「お待たせ」

紗菜がお盆を持って、こちらに来た。

「あ、すいませ……」

陽平は振り向いて固まった。

(え……な、何あれ……?)

紗菜の着ていたグレーのニットの胸の頂点部分が、うっすらと濡れてシミをつくっていたのだ。

紗菜のおっぱいはすさまじく大きかった。

小玉のスイカがふたつ。それくらいの巨大なバストサイズだ。

そんな魅惑の乳房の頂点が、ぐっしょり濡れている。

紗菜は陽平の視線に気づいたようで、ちらりと自分の隆起した胸を見た。

「キャッ」

そして真っ赤になって、片手で自分の胸を隠す。

陽平は慌てて視線を外した。

（まずい。ぼうっと見ちゃった。友達のお母さんのおっぱいを、いやらしい目で見るなんて。でも濡れてるのはなんで……？）

紗菜は恥ずかしそうに口を開いた。

「ごめんなさいね。これね、おっぱいが出ちゃうのよ。おばさん、最近おっぱいの張りがすごくて……拓にたくさん吸ってもらわないと、下着までシミてきちゃうの。母乳パッド入れておけばよかった」

拓、というのは幼子の名前だ。

衝撃的な言葉に、童貞の陽平は身体を熱くする。母乳が、あんなにシミをつくるほどたくさん出るなんて……。

するとと紗菜は恥ずかしそうにしながら、

「ごめんね、着替えてくるから。珈琲飲んでてね」

そう言ってリビングを出ていった。

(あのシミって、おばさんの母乳だったのか。キレイなおばさんのおっぱい、どんな味がするんだろう。吸ってみたいな)

いけないと思いつつ、どうしても妄想してしまう。

本当にキレイなお母さんである。

《美人だよなあ、高明のママって》

授業参観で紗菜が来たときは、男子生徒がざわついた。

しかも美人というだけではなく、おっぱいもお尻も大きくて、豊満な肉体から、ムンムンとした大人の女性の色っぽさがにじみ出ていたから、タイトスカート姿の紗菜に欲情したヤツも多かっただろう。

恥ずかしいが陽平も、そうだった。

友達のママを汚(よご)すことを考えつつ、オナニーしたこともある。

（おばさんの母乳……出てるところ、見てみたいな）

興奮して股間を硬くしていたときだった。

「こんちはー」

玄関先から祐二の声がした。もうひとりの友達だ。

いっしょに遊ぶ約束をしていたのだ。

（どうしよう。おばさん今、着替えてるから出られないよな）

そっと洗面所のところに行くと、閉められたドアの前にスリッパが並べてあった。

「あ、あの……おばさん。祐二も来たみたい」

中に向けて声をかけると、ドアの向こうから紗菜が返事をしてきた。

「ごめんなさい、ちょっとおっぱいで全身まで濡れちゃって。軽くシャワー浴びるから。陽くん、出てもらえないかしら」

（シャ、シャワー？）

股間がさらにギンと硬くなった。

このドアの向こうに紗菜のヌードがあると思うと、くらっとする。

勃起の位置を直し、少し前屈みになって玄関にいく。

「あれ？　おばさんは？」

祐二は勝手にあがっていた。

「今、シャワー浴びてる」

「へ？　なんで」

「あ、あのさ……よくわかんないけど、母乳が出てきちゃうんだって。それで服とか濡れちゃったから……」

「あー、ウチさ。叔母さんが子ども連れてくるからわかるんだけど、おっぱいって、たくさん出る人はずっと出ちゃうから、搾らなきゃならないんだってさ」

「そうなんだ」

搾る……。

キレイなおばさんが、おっぱいを揉んで搾っている図を想像すると、また股間がズキズキした。最近、どんな些細なエッチなことでも、チ×チンが張ってしまうのだ。

ふたりでリビングに向かうときだった。

祐二が洗面所のドア前に置かれたスリッパを見て、ピタリと足をとめた。

「陽平、おまえドア、開けた？」

見ればドアが十センチくらい空いていた。

「まさか。開けるわけないだろ」

「だよな」

そんな会話をした直後。

祐二がドアの隙間を覗きはじめたので、陽平の心臓はとまりかけた。

「お、おいっ、何を……」

陽平が慌てて言う。

すると祐二は「シッ」と、人差し指を口の前に立てて、ニヤりと笑う。

「ちょっとおばさんの裸を見たいと思ってさ」

なんという大胆なヤツだと呆れた。

遊びに来ている友達の家で、その母親のシャワーを浴びている姿を覗こうというのである。

「いや、まずいって。高明のお母さんだぞ。友達の母親の裸を覗くなんて」

「ちょっとだけだって。おまえだって見たいだろう。おばさんの裸だぞ。あんなに可愛らしくてキレイなおばさん、滅多にいないって。おっ」

祐二の動きがとまった。

陽平も息を呑んだ。シャワーの音がしたからだ。

(それは見たいにきまってるよ。おばさんの、おっぱいとかお尻とか……)

あの可愛らしい熟女が、すぐそこで裸になっている。

気がつくと、陽平も祐二の下から同じようにドアの隙間を覗いてしまっていた。性的な欲望に童貞が勝てるわけはない。

（ご、ごめんなさい、おばさん。ちょっとだけ……）

覗くと左側に半透明のドアがあり、中で肌色が動いていた。

ぼんやり浮かぶ紗菜の身体のライン……はちきれんばかりの胸のふくらみが見えて陽平は息を呑んだ。

（なっ！　やっぱり、お、大きいっ……おばさんのおっぱい）

甘酸っぱい痺（しび）れが身体中に広がっていく。心臓が張り裂けそうで、もうどうにもできなかった。

「すげえ……おばさんのデカパイ、シルエットでもわかるくらい揺れてるぜ」

祐二がハアハアと息を荒げながらささやいた。

確かに半透明のドア越しでも、完熟の果実のような大きな実が、ぷるるんっ、と揺れているのがはっきり見える。

しかもだ。

乳房だけではない。

腰のくびれから広がる、豊満なヒップのラインも見えていた。

(ああ、おっぱいもお尻もすごい迫力だ……なんて色っぽいボディライン……)

可愛らしくて、ほんわりとした優しいおばさんの肉体は、こんなにもエッチなのかと興奮で頭が痺れてしまう。

「……高明のお母さんって、すげえエロい身体してるな。ケツとかおっぱいとかおっきくて、でも腰はくびれていて……」

祐二が小声でいやらしいことを言う。

なんだか紗菜の身体が、祐二に汚されているようで腹が立つ。自分だって見ているのに、だ。

と、ふいに祐二が別のほうを向いた。

何かと思ったら、ドアの隙間から手を伸ばし、レースのついた白い布をつかんできた。陽平はそれを見た瞬間、カアッと頭が熱くなった。

(お、おばさんの、脱ぎたての下着じゃないかっ……！)

信じられないことに、祐二は紗菜の白いブラジャーとパンティをつかんで持ってきてしまったのだ。

「白い下着が、カゴの中にあるのが見えてさ」

へへへ、と祐二が笑いつつ、ブラを広げる。

ミルクで濡れた巨大なブラジャーが目に飛び込んできた。

「バ、バカッ……」

と小声で非難しつつ、じっくり眺めてしまう。

ふたりで脱衣場のドアに隠れてしゃがみ、友達の母親が今まで身につけていた下着を、ハアハアしながら眺めた。

「ブラのカップ、で、でっか……タグにGとか書いてあるぜ。おばさん、Gカップなんだ……すげえな、グラビアアイドルみてえだ」

祐二は次の瞬間、紗菜のブラを鼻先に近づけた。

(ええっ！)

スーハーと大きく息をしてから、祐二はうっとりと目を閉じる。

「エッチな甘い匂い……母乳ってこんな匂いなんだ」

「や、やばいよ。は、早く戻せよ。犯罪だぞ」

と注意しつつも、陽平は固まった。

祐二が今度は紗菜のパンティを広げたのだ。

純白のパンティは腰までしっかりと包み込むタイプで、いかにもおばさんの普段使いのパンティだった。

そして……クロッチの部分を見て、心臓が高鳴った。

わずかにクリーム色のスジがついている。

(こ、ここに、おばさんのアソコが当たってたんだ!)

ずっと身につけていたであろうパンティである。

美熟女の分泌(ぶんぴつ)した汗や、体臭、それにアソコの匂いも、しっかりとこびりついているのだろう。

(嗅(か)ぎたい……でも嗅いだら、おばさんに悪いよなって……ああっ!)

見るだけにしようと思っていたのに、祐二はおかまいなしにパンティのスジ部分に鼻を近づけた。

陽平は慌てた。

「ゆ、祐二! や、やめろって」

アソコの匂いを息子の友達に嗅がれるなんて、紗菜としてはつらいことだろう。

陽平は紗菜の下着を必死に奪い取ろうとした。

「おい、何すんだよ」

「戻せよ、やばいってば」

揉めているときだった。

シャワーの音がやんだので、ふたりは慌ててその場から立ち去るのだった。

2

（ああ……どうしよう……）

高明が部活から帰ってきて、三人でテレビゲームをしていた。

祐二と高明のふたりが夢中になっているのを、陽平は後ろのベッドに座って、ぼうっと見つめている。

問題はズボンのポケットに入っている、紗菜の使用済みパンティだった。

あまりに慌てたので、間違えてズボンのポケットに入れたまま持ってきてしまったのだ。

（おばさんに嫌われる……というか、きっともう出禁だ……）

絶望的な気分でハア、とため息をついたときだ。

こんこんとノックされて、ギクッとした。

「高明、ちょっといい？」

（おばさんの声だ）

絶体絶命だった。

「いいよー」

高明はゲーム画面から目を離さずに、適当に返事する。

カチャリとドアが開き、紗菜が入ってきた。

もうだめだ。陽平はうつむいて顔を熱くさせる。

「あら、陽くんはゲームしてないのね。高明、陽くん借りてもいい？　手伝ってもらいたいことがあるの」

「好きに使っていいよー」

ふたりの返事は適当だ。

陽平がいなければ、ずっと交代せずにゲームをやっていられるからである。

「いい？　陽くん」

ニコッと笑いかけてくるも、その笑顔が今は怖かった。

「は、はい……」

ベッドから降りて、紗菜の後についていく。

（死刑囚って、こんな気持ちなのかな……）

足取り重くついていくと、紗菜が一階の奥のドアを開けた。
大きなベッドが中央にあった。
どうやら夫婦の寝室らしい。
ベビーベッドもあって、拓が寝息を立てている。
紗菜がベッドの端に腰掛けて、隣をポンポンと叩いた。
「陽くん、座って」
陽平はうなだれつつ、言われたとおりに腰掛ける。
するとだ。
すっと紗菜が身体を寄せてきた。
(え?)
柔らかな身体を押しつけられた。
シャワーを浴びたばかりだからだろう。
甘いボディソープやリンスの匂いが鼻先をくすぐってくる。まだ乾ききっていない
濡れ髪と、ほんのりピンクの上気した肌が色っぽかった。
(ああ、おっぱいが……)
左の肘に、大きなふくらみが押しつけられている。

陽平はどぎまぎした。

シャワーの後に着替えたのは、薄手の白いブラウスと、先ほどよりは短い膝丈のスカート。

座っているからスカートがまくれ、太ももが見えていた。

その太ももがぴったりとくっついている。熟女の太もものぬくもりを感じた。

「緊張しなくてもいいの。おばさん、怒ってないからね」

「えっ……？」

見ると、大きな目が優しげに細められていた。

（……おばさんって、可愛いな、やっぱ……）

怒られる予定なのに、キュンとした。

黒髪のふんわりボブに、タレ目がちな双眸（そうぼう）に小さな鼻と薄い唇。

友達の母親で、三十六歳のおばさんだというのに、あまりに可愛い。

紗菜はさらに身を寄せてきて、そっと口を開いた。

「とめてくれたんでしょ、陽くん。お友達が私の裸を覗いていたの」

毛穴から汗が噴き出した。

「覗いてたの、し、知ってたんですか？」

言うと、紗菜はクスッと上品に笑った。

「わかるわよ。シャワー浴びてたら扉の向こうでごそごそと音がするんだもの。こっちのほうをじっと見てるのが透けて見えるし……でも、ここで怒ったら、きっと高明との関係が悪くなるだろうって思って黙ってたの」

「ご、ごめんなさい」

謝ると、紗菜はふわっと抱きしめてくれた。

（うわっ、おっぱいがっ……）

ふにょっ、とした感触に股間が硬くなる。

「いいのよ。それより……私のパンティ、持ってっちゃったの、陽くんかしら」

ついに言われた。

陽平は抱かれたまま、恐るおそる丸めたパンティをポケットから出して差し出した。

「し、信じてもらえないかもしれないけど、わざとじゃなくて……」

顔をあげて訴（うった）える。

すると紗菜がパンティを受け取り、さらに抱擁（ほうよう）を強めてくる。

「ウフフ。陽くんは、そんな大胆なことしないってわかるわ。でもね、もう女の人の裸とか下着に興味が湧いて、ムラムラきちゃうときよね。それもわかるのよ。特に……」

そこで言葉を切ってから、紗菜はまた話し出した。

「特に陽くんは、お母様を亡くしてるから、新しいお母さんに、その性的な衝動みたいなものは相談できないんでしょ？　つらかったら、おばさんに言ってね」

その言葉はうれしかった。

父親や友達には悩みを言えなかったのだ。じわっとしたものが、目の奥からあふれてきて、紗菜のブラウスを濡らす。

「ウフッ……」

優しく頭を撫でられた。

気持ちよくて、うっとりと目を閉じる。甘い匂いと頬(ほお)に当たるふくよかな乳房のたわみが理性をとろけさせていた。

陽平は本能的に左腕を伸ばしていた。

手を大きく広げて、紗菜のGカップのふくらみに指を食い込ませてしまう。

「あんっ……」

紗菜が小さく声を漏らし、ビクッとしたときにハッと気づいた。

慌てて手を引っ込めて紗菜から離れた。

「ごめんなさい。おばさんのおっぱいが気持ちよくて……もうずっと触ってない懐かしい感じで」

何を言ってるんだ、と自分で思った。

(最低の言い訳だ……)

だけど、紗菜は怒っていなかった。

大きくて優しい双眸が、今はうるうるとして潤みきっている。

「ウフッ。陽くんは、おっぱい好きなのね」

言われて恥ずかしくなった。

照れていると、紗菜もまた目の下をねっとり染めて、そっと右手を陽平の下腹部へと這わせていく。

(えっ?)

ハッと陽平は紗菜を見た。

彼女の瞳が、妖しく輝いている。

「ここをふくらませているのは、私のせいかしら。こんなおばさんのおっぱい、触っても楽しくないと思ってたんだけど……」

「そ、そんなことないです。おばさん、キレイだし……そのっ、あの……授業参観で来たときなんか男子たちみんな目を輝かせて、それで……」

「それで？」

「それで……おばさんの胸のふくらみとか、スカートのお尻とか目に焼きつけて」

そこまで言うと、紗菜の目が細められた。

「焼きつけて、どうしたのかしら？」

ウフフ、と笑っている。その表情がエッチだった。

「や、焼きつけて……その……あとで想像して、ひとりでしたり……」

正直に言うと、紗菜の手で股間がさわさわと撫でられた。

驚いて、ビクッと腰が震えた。紗菜が笑う。

「そうなの？　陽くんもおばさんでシテくれたかしら」

すっと美貌（びぼう）が寄ってきた。

心臓がとまりそうだ。

紗菜は甘い化粧品の匂いをさせながら、耳元（みみもと）に口唇を近づける。

「ねえ……陽くん、教えて。想像って……おばさん、陽くんの頭の中で、どんなエッチなことをされちゃったのかしら……？」

甘い声でささやかれて、股間がビクッと震えた。

「ええっ？　そ、そんなこと言えない……ですっ」

顔が熱い。全身から汗がにじみ出る。

「あんっ、オチ×チン、こんなに硬くなって。言えないくらいエッチなこと、私はされちゃったのね……」

ぴたりと近寄ってきて、ほっそりした指でズボン越しにテントを撫でられる。

「くうっ……」

チ×チンの奥が疼いて、陽平は苦悶の声を漏らした。

「ウフフ。こんなに大きくして、これじゃあ高明たちのところに戻れないわね。ちょうどよかったわ。おっぱいの好きな陽くんに、してほしいことがあったし……」

「えっ？　ああっ……！」

陽平の目は血走った。

紗菜が自分でブラウスのボタンを外しはじめたからだ。

3

「お、おばさん……？」

色っぽい目つきで、紗菜がブラウスの前をはだけていく。

(うわあっ!)

ベージュのブラジャーに包まれた、大きなふくらみを見て息がつまる。

ゆさっと重たげなふたつの半球体。

白い乳肌がせめぎ合うようにブラジャーに包まれていて、深い胸の谷間をつくっている。

「ご期待に添えた? 陽くん、いつも私の胸元を見ていた気がするんだけど」

「そ、それは……どうしても、大きなおっぱいに目がいっちゃうんです。それに、おばさんって、その、か、可愛いし……」

友達のお母さんに「可愛い」と思わず口走ってしまい、恥ずかしくなる。

「やだ……可愛いなんて。でもうれしいわ。まさか息子と同い年の男の子に、そんなふうに言われるなんて、育児でちょっと疲れてたんだけど元気になるわね」

ベッドに座る人妻は、恥じらいうつむいた。

何かを考えているようだ。

少し逡巡(しゅんじゅん)したあと、紗菜は顔をあげると両手を自分の背中に持っていき、ブラジャーのホックを外した。

大きなブラジャーが胸から外れ、白い双乳がこぼれ落ちた。

「う、うわっ、うわわ」

陽平は豊かなふくらみに目を血走らせる。

ミルクを含んでいるだろうおっぱいが、いやらしすぎた。

白い乳肌がパンパンに張っていて、静脈が透けて見えている。

乳首は焦げ茶色。その先端からは乳白色の液体がにじみ出ていた。

「あんっ。やっぱり……まだ漏れ出ちゃう……実はね、怒るために陽くんを呼んだんじゃないの。お願いがあったのよ」

紗菜は言いながら、落ちた小さな円形の布を拾いあげる。

「これね、母乳パッドなの。さっきは入れ忘れたから、ブラジャーまで濡れちゃったんだけど……拓が飲んでる途中で寝ちゃったから、まだおっぱいがすごく張って、ミルクがどんどん出ちゃってるの」

紗菜は顔を赤くしながら、右側の乳房を持ちあげる。

白いミルクが乳頭部から垂れて、ベッドの上にぽたっと落ちた。

(ああ、おばさんって、優しげで可愛らしい顔立ちなのに、おっぱいはちょっと黒ずんでいて……しかもミルクが垂れて……エロすぎるっ)

見ているだけで興奮が高まり、ズボンの中で肉竿がそる。

紗菜は恥ずかしそうにしながら陽平を見た。

「陽くん……ねえ、お願いがあるの……おっぱい、吸ってもらえないかしら？」

「ええ！」

まさかの提案に、陽平は声をあげる。

「いやじゃなければ、だけど」

「いやなんて……でも、どうして……僕が……」

憧れていたおばさんのミルクだ。飲みたいに決まっている。

照れて真っ赤になっていると、ちょっとミルクのついた紗菜の手が、陽平の手をギュッと握ってきた。

「こういうときって、搾乳機でミルクを吸い出すんだけど、あれ、痛いのよ。だからといって手で搾るのも力がいるし、だから……」

紗菜は陽平の手をつかむと、おずおずと自分の乳房に持っていく。

（うわわわわっ、ナマのおっぱい触っちゃった）

先っちょにミルクのついた乳房の張りはすさまじかった。

興奮しつつ震える手で、おっぱいをつかむ。

すると、柔らかな乳肉がふにっ、と沈み込み、同時にピュッと乳頭から白いミルクが飛び出した。

「あんっ」

紗菜の口から甘い声が漏れて、陽平はドキッとした。

「ごめんなさいっ」

慌てて引っ込めるが、紗菜は首を横に振る。

「ううん、いいのよ。こっちこそ、へんな声を出してごめんね。もう大丈夫(だいじょうぶ)だから。優しく揉んでみて」

紗菜がベッドの上で仰向けになる。

おっぱいはわずかに垂れて、左右に広がるもののしっかりと下乳が丸みをつくっていて、十分にいやらしかった。

それに、スカートがまくれているから、生のムッチリした太ももが覗けている。

（さっ、さっきのスカートより短くないか？）

紗菜が脚を動かすと、スカートの奥のベージュのパンティが、ちらりと目に飛び込んできた。

（おばさんの、パ、パンティだ……）

頭から湯気が出そうなほど昂った。

ムチムチの太ももや、スカートの中を触りたくてたまらない。

だけど言われているのは、おっぱいだ。

パンティに触れるのを自制し、柔らかいおっぱいを揉みしだくと、

「あふっ……」

紗菜がうわずった声を漏らし、身体をずりあげた。

（すごい……おっきくて、持ちきれない）

指がぐにゅっ、と食い込む感覚があり、ピュッと噴き出た温かな母乳が、手のひらを濡らしてくる。

柔らかいのに、ミルクがつまって張っているからか、弾力がすごい。

今度はそっと指先でココア色に色づく乳首に触れた。

「んっ……」

それだけで、紗菜の口から感じた声が漏れ、そしてガマンするように唇をグッと噛んでいた。

（これだけで感じちゃうんだ……）

赤ん坊に授乳するとき、困るのではないか。

そんな心配が頭をよぎるほどに、紗菜の乳首は感じやすいようだ。

ならば、と股間を昂らせながら、乳輪の部分をなぞるように指先で円を描き、先端部を軽くつまんだ。

「あんッ」

おばさんがビクッと震えて、ミルクが垂れる。

「か、感じちゃうんですか？」

思わず言ってしまうと、紗菜は困ったような顔を見せる。

「やだ、陽くん……そんな恥ずかしいこと訊かないで」

紗菜が見つめてきた。

優しい双眸が潤み、細眉がハの字を描いている。

とろんした表情が、なんとも扇情的で、中学生の陽平はその表情を見ただけで股間が疼いた。

「……ウフフ。興味津々って顔ね。仕方ないわ、教えてあげる」

そう言って、紗菜は頭を撫でてきた。

「感じたわ。息子の友達におっぱい揉まれて……私がお願いしたくせにね。おばさん、いやらしいでしょ？」

ストレートに言われて、陽平は首を横に振る。

「いやらしいなんて……おばさん、きっと、僕が寂しいと思ってこんなことさせてくれるんでしょ？」

言うと、紗菜は目を細めてくる。

「それもあるけど……陽くんが可愛いし、真面目だから。それに私みたいなおばさんに反応してくれるなら、いろいろしてあげたいのよ。いいわよ、ねえ、おばさんのおっぱい、好きにして……」

色っぽく「うふん」とささやかれ、もう一刻もガマンできなくなった。

ドキドキしながら、焦げ茶色の乳首に顔を近づける。

生唾を飲み込みつつ、母乳のシミ出る乳首を舌でぺろりと舐めた。薄い水っぽい味がした。

「うっ……ンンッ……」

おばさんはまた顔をそむけて、身を固くする。

恥ずかしいのだろう、可愛らしい美貌が耳まで赤く染まっていた。

(好きにしてもいいって、言ったよね)

乳頭部に軽く唇を当てて、チュッと吸うと、

「あうんっ」

紗菜はいよいよ感じた声を隠さずに、身悶える。

(感じた顔が……エッチすぎる。ああ、香しい乳の匂い……こんなキレイなお母さんのおっぱいを好きにできるなんて)

大きなおっぱいにすりすりすると、紗菜がクスッと笑った。

「ウフフ。こんな大きな赤ちゃんなら、たくさん飲んでくれそうね」

期待に応えようと、陽平はＧカップのバストの頂点をパクッと咥えて、ヂュッ、ヂュッと母乳を吸い出した。

「あんッ！」

紗菜は甲高い声を漏らし、ビクッと震えて背中をのけぞらせる。

(うわあ、優しいおばさんがこんな感じ方を……それに思ってたより、母乳って甘くて美味しい)

人によって違うのかもしれないが、紗菜のミルクは甘露だった。

ヂュル、ヂュルル……。

音を立て、一心不乱に吸い出すと、

「あふん……ああんっ……やっぱり赤ちゃんと違って、吸い出す力が強くて……ああっ、ああんっ、わ、私ったら……ああん」

鼻にかかった甘い声で、友達の美人ママが喘いでいるのを見ていると、チ×チンの奥がムズムズとして、もう出してしまいそうになる。

それをなんとかやり過ごしていると、ちょっとイタズラしてみたくなってきてしまう。

吸いつつも、ときどき乳首を舌で舐め転がしたり、前歯で軽く甘噛みしたりすると、紗菜がいっそう色っぽい吐息を漏らしはじめる。

「いやああん……陽くん、そんな舐め方、だめえっ……赤ちゃんはそんないやらしいことしないでしょ。乳首が張っちゃう、はああんっ」

紗菜が身悶えすると、たわわなおっぱいが、ゆっさと揺れる。

もっと感じさせたいと、舌でねろねろと乳頭部を舐め転がせば、おばさんは艶々しいボブヘアを振り乱し、汗ばんだ泣き顔で見つめてくる。

「ああんっ……だめっ……あんっ……お願いっ、もうイタズラしないで……おっぱい吸ってっ……すごく張ってきて、ジクジクと疼いちゃうの」

涙目の熟女が哀願する。可愛らしかった。

陽平は大きく息を吐いてから、硬くなった乳頭に食いつき強く吸いあげた。

しゅわっ、とまるでシャワーのような勢いで、口内に生温かい液体が降り注ぐ。

(うわっ、いっぱい出てきた……)

たちまち口の中に、友達のママのミルクがたまっていく。

「あああんっ、いいわっ、もっと、吸って……はああんっ」

口中にたまった母乳をごくごくと嚥下して、また吸いあげる。

「んっ……ううんっ……いやあっ、あはんっ……」

紗菜はビクビクと震え、セミロングの黒髪を振り乱しつつ、自分で乳房を搾るようにしながら、うっとり目を細めている。

しゅわううう……。

(まるでミルクシャワーだ。口の中に、おばさんの栄養たっぷりのミルクが注がれていく……)

美人ママの胎内ミルクは風味が素晴らしく、舌触りも滑らかだ。

「あふうんっ、ンンうっ……いいわ、もっと私の乳搾りしてっ……強く吸って強く搾ってっ……ああんっ」

(乳搾りって……おばさんを家畜みたいに扱って……くううう、エッチだ……)

陽平は昂ぶったまま、ギュッと強くおっぱいを揉みしだき、頬を窄めてさらに強く吸いあげる。

ヂュルルル、ヂュッルルル……。

「あっ、あーんっ……だめっ、あふっ、あはあんっ……いいわ、すごくいいっ、陽くんに吸われるの好きっ、陽くんっ、これは陽くんのおっぱいだから、いっぱい飲んでいいのよ」

紗菜も感じてきて、燃えあがっているのだろうか。

熟女の過激すぎる台詞に胸を熱くしながら、ぽたぽたと乳白色の液体があふれてくる反対の乳房にも吸いついた。

「ああんっ……あっ……あっ……」

舌を使って舐め転がし、さらに、チュパッ、チュパッ、といやらしい音を立てながら、おっぱいを頬張った。

「ああ～ん。いいのよ、ママみたいに甘えてっ、おっぱいを犯してッ……」

紗菜はうわずった声を漏らし、いよいよ腰を淫らにグラインドさせてきた。

(おばさんの腰が……いやらしく動いている。やっぱり大人の女性だ。おっぱい吸われて感じちゃってるんだ。高明のママが欲しいっ……僕のものにしたいっ)

身体を熱くさせ、さらにチュウチュウと強く吸うと、

「あんっ、すごいミルクが出ちゃってるぅ……感じてるからだわっ、はあんっ、おっぱいが、おっぱいが、はああんっ……」

紗菜はハアハアと息を荒げて、ググッと背をせりあげる。

すると、しゅうわわ……と、生温かなミルクシャワーの出がもっと強くなり、喉奥にまで噴射されてきた。

(んぐっ！　ごくっ、ごくっ……んぐっ……んんっ、すごい)

陽平は慌てて喉を開いて、ミルクを喉に流し込む。

飲みながら、どんどん興奮が増していく。紗菜もうれしそうだ。

「アッ……あっ……ああんっ……ハアッ……おっぱいが、こんなに……ああんっ、いっぱい飲んでくれて、うれしいっ……ああんっ……」

頭を撫でられる。さらに、んぐっ、んぐっ……と一心不乱に飲んでいると、

「うふんっ……ああんっ……ああっ……あふんっ」

と、ついに紗菜は色っぽい声を奏でて、身をよじらせはじめる。

(くうう……おばさん、エロいっ……)

その興奮が股間に宿っていく。

長い時間吸っていて、ようやく母乳の出が静まってきた。

4

「ウフッ、赤ちゃんだと思ってたけど、ここは違うのね……」

仰向けの紗菜の手が下から伸びてきて、ズボン越しの股間に触れた。

「あっ……」

ゾクッとした震えがきて、陽平は乳首から口を離した。

目の下をねっとりと赤く染めた紗菜が、上体を起こして見つめてくる。

「あんっ、私のおっぱい飲んで、オチ×チンをこんなにするなんて……でも、いいのよ、私で大きくなってくれたのなら……ねえ、でも、大きなままでいたら戻るときに困るでしょう？　小さくするのを手伝ってあげるわね」

手伝う……？

その言葉に頭がパニックになった。

「え、ああ……あ、でも……」

「いやかしら？」

「い、いえっ、お願いしたいです」

紗菜がクスッと笑った。

「ウフッ。いいわよ、じゃあここに寝そべって」

「え、こ、こう？」

仰向けに寝ているると、横に座った紗菜の手が伸びてきた。

慣れた手つきで、ズボンとブリーフが引き下ろされていく。

（ああ、ウソみたいだ……おばさんが、僕のズボンを脱がせて……えっ？　あっ、ううっ、ゆ、指が……）

びんっ、とそそり勃ったものを、初めて女性に触れられる感覚……陽平の身は縮こまった。

「あ、ああ……おばさん……」

指が、ペニスの形や大きさを推し量るように、いやらしく動いている。

パニックになりつつも、童貞の中学生の本能は正直だ。切っ先からは温かくぬめったガマン汁を、とろとろとこぼしてしまう。

（エ、エッチなことしてもらっている。高明のお母さんにっ）

射精への渇望が甘く湧きあがる。

だが、ここで射精するわけにはいかない。

もっといじってほしいと歯を食いしばり、ハアハアと喘ぎをこぼす。

「はあん、硬くて大きいわ。しかもこんなにヌルヌルして……いけないことだとはわかってるのよ。息子のお友達にこんなこと……だけど、苦しそうだし、こんなおばさんのことを想ってくれてるなら、してあげたいの……」

優しい言葉を投げられつつ、勃起を握る手に力が込められる。

しなやかな指がからまり、ゆっくりと動いていた。

「くううっ……」

「痛くない？」

陽平は、

「痛くないです」

と震えながら答える。そして続けて、

「す、すごいですっ、ああっ、こんな、こんなにこすられたら気持ちよすぎて……」

訴えると紗菜がうっとり見つめてきた。

「ウフンッ。ハアハア言っちゃって……ああん、可愛いわ……」

紗菜のぷるんとした唇から、悩ましい吐息が漏れた。

大きな目も、妖しげに潤みきっていた。

「ウフッ、もっと気持ちいいことしてあげるわね」

えっ、と思う間に紗菜は身体をズリズリと下げていき、おっぱいを硬くなった肉棒にくっつけた。

何をするのかと見ていると、紗菜は自らGカップを搾り出して、白いミルクを肉竿にしゅわわわっと、かけていく。

(ああっ……僕のチ×チンに母乳がかけられて……)

暖かな母乳にまみれ、勃起がミルクキャンディーバーのようだ。

そして紗菜は手を被せ、ゆっくりとそのミルクまみれの勃起をシゴき立ててきた。

(う、うわああ、母乳チ×チンを手でこすられてっ……くううう)

白いミルクとガマン汁が混ざり、にちゃあ、といやらしい音が寝室に響く。

母乳を潤滑油がわりにしての淫らな手淫だった。痺れるような愉悦が身体全体を包んでくる。

「ああっ、お、おばさんっ……そんなふうにしたら出ちゃう!」

ミルクをまぶした表皮をこすられ、欲望の種がせりあがってきていた。

「ウフフ。ミルクで滑りがよくなったわ。気持ちいいのね」

感じすぎて、目の焦点が合わなくなってきた。

尿道が熱くなり、射精前の甘い陶酔が頭の中をとろけさせていく。

「く……ううっ」

陽平は奥歯を嚙み、射精をこらえようとする。

「あんっ、だめよ……ガマンしないでいいのよ。シコシコされて気持ちいいんでしょう？　私のスカートやおっぱいに、白いのをかけてもいいのよ」

手コキされながら、乳房を顔に押しつけられた。

（ああ、おっぱいがまた目の前に……甘い匂いがたまらない）

手コキされ、うっとりと目を細めながらも、陽平はまた焦げ茶色のおっぱいの先に吸いついて、チュウチュウと音を立てる。

「はああんっ、いいわっ、好きにして……おばさんのおっぱい、陽くんのものよ。あふんんっ、もっと飲んで……あっ……はあんっ、ンう〜ン」

母乳を吸引すると、おばさんの身体はビクッ、ビクッと震え出す。

チ×ポを握る手に力がこめられた。

寝室のベッドの上、ふたりは抱き合い、いじり合いっこに没頭する。

（ああ、家の中には高明がいるのに……そのお母さんを、僕がエッチなことに使ってるなんて……）

手コキの気持ちよさに、美人ママと評判の紗菜の母乳を味わい、同時にエッチなことをしてもらっている優越感が加わった。

（くうう……た、たまらないっ）

これだけでも気持ちいいのに、さらにだ。

肉竿の皮が引き伸ばされて、姿を現した尿道口にそっと指が添えられた。

「ああっ！」

おしっこの出る敏感な穴をいじられ、腰が大きく跳ねた。

「ああん、すごいわ……陽くんのオチ×チン、私の手の中で、ビクン、ビクンって。匂いもスゴくなってきたわ、ウフフ、もう出ちゃいそうなのね。いいのよ、私のミルクを飲みながら、陽くんもミルクをいっぱい出して……」

紗菜の手の動きが強くなっていく。

逆に向いた手首のスナップを効かせ、ぬちゅん、ぬちゅんと、ミルクペニスを激しくこすられていく。

甘い陶酔は限界を超えた。

「あうう、お、おばさんっ……もうだめっ……おかしくなるっ、出ちゃう、出ちゃうからね、ごめんなさいッ」

「いいのよ、謝らないで。出してっ……オチ×チンミルクを出してっ、陽くん」

皮が剝けるほど強くシゴかれる。

あまりの気持ちよさに腰が震えた。

「くううっ……」

陽平はギュッと目をつむる。

肉茎が跳ね、白い樹液がドピュッ、とおしっこをする穴から、一気に噴き出した。

「キャッ、ああんっ、こんなに勢いよくなんて……」

思いのほか、量が多かったのだろう。

紗菜は悲鳴を漏らしたが、すぐに「ウフフ」と笑みをこぼした。陽平はそれを見ていたたまれなくなった。

「ああ……こんなにたくさん出して……っ、ごめんなさいっ、僕の汚いのを……」

謝りつつも、身体に力が入らなかった。

見れば、紗菜のスカートや太もも、それにシーツや乳房にまで、白いゼリーがたまりをつくって、生臭い匂いを発していた。

「ああ、おばさんを、僕、いっぱい汚しちゃった」

恥ずかしさと申し訳なさが重なり、ぐすん、とすすり泣いてしまう。

だが紗菜は「ウフフ」と笑って、頬にチュッとキスしてくれた。

「いいのよ。陽くんが気持ちよくなってくれて……おばさんうれしいの。それに汚くなんてないのよ」

そう言うと、紗菜は陽平の精液で白く汚れた指を口元に持っていき、一本ずつしゃぶってみせてくれた。

（ええっ！　お、おばさん……僕の精液を……な、舐めて……）

陽平の心が震えた。

驚いていると、紗菜は上気した美貌をさらに赤く染めつつ、妖艶（ようえん）に見入ってきた。

「美味しいわ。陽くんの精液。とろみがあって、ウフフ……」

（ああ、あの優しいおばさんが……こんなにエッチだなんて……）

可愛らしくても、やはり彼女は人妻で、いろいろいやらしいことも知っている大人の女性なのだ。

「ウフフ、これはふたりの秘密ね」

言われて、陽平は大人になった気分を味わった。

義母の明里とのもやもやした気持ちも、いつの間にか消えてしまっていた。

第二章　魅惑のミルクパイズリ

1

友達のママのおっぱいを吸い、さらに母乳ペニスを手コキしてもらった次の日。

学校に行っても、考えるのは紗菜のことばかりだ。

(またおばさんのミルク、飲みたいな)

あの夢のような時間を味わいたいと、陽平は学校の終わりに自転車で、高明の家に向かってしまっていた。

高明が部活でいないことは知っている。

(行ってどうするんだよ。また飲ませてくださいと言うのか?)

それでもとにかく行ってみようと自転車を走らせていると、ちょうど駐車場のクルマから紗菜が出てくるところだった。

（あっ、おばさん……えっ……何あの格好、可愛いっ）

クルマから出てきた紗菜が、まばゆい白のテニスウェアだったので、陽平の心はざわめいた。

上はジャージ。下はプリーツのついた超ミニスカート。

清楚な美熟女の太ももが、キワドイところまで露出していた。

（なんだっけ。テニスのときのミニスカートって……あっ、スコートだ）

キレイなママの超ミニのスコート姿に心臓をバクバクさせていると、紗菜がこちらに気づいてニコッと笑いかけてきた。

「あら、陽くん。どうしたの？　高明はまだ部活よ」

紗菜が不思議そうな顔をした。

陽平は自転車から降りて、頭をめぐらす。

「い、いやっ……その、忘れ物しちゃって。高明とは連絡がとれないんだけど、でも早く欲しいから、とりあえず来ちゃったんです」

下手くそな言い訳と思うが、それくらいしか思いつかない。

白いスコートから見えている、おばさんのムッチリした太ももがまぶしくて、何も考えられないのだ。

（ふ、太ももっ……柔らかそうっ、おばさんって脚もこんなにキレイなんだ……胸だけじゃなくて、すごくスタイルがいい）

その視線に気づいた紗菜が、恥ずかしそうに太ももをよじる。

「あんっ……これね。私、テニススクールに行ってるんだけど、今日は試合形式にしようって。それでせっかくだから、みんなで若いときのスコートを穿こうってなってのよ。これ、高校生のときのウエアなの」

ミニのスコートの裾（すそ）を引っ張る仕草が、可愛らしかった。

（高校生のときに穿いてたスコートって……おばさん、そのときからウエストのサイズが変わってないんだ）

三十六歳でふたりの子持ちなのに、変わらぬスタイルのよさに惚れぼれする。

「じゃあ、中に入りましょ」

くるりと後ろを向いたときだった。

スコートがめくれて、白い下着らしきものがチラッと見えた。

（わっ、生パンティ……じゃない、ア、アンスコだっ）

フリルのついた白いアンダースコートに包まれた、大きなお尻にドキッとした。ウエストは若い頃から変わっていないが、ヒップは大きくなったのだろう。尻肉がアンスコからハミ出していた。

パンチラするほど短いスコートを穿いて、おばさん寒いだろうなと心配してしまうのだが、こちらの身体は熱くなってきていた。

2

紗菜は陽平をリビングのソファに座らせてから、テニスウェアを着替えようと脱衣場にいた。

(陽くん、おっぱいのこと忘れられないのね。当たり前よね)

年下の男の子から受ける性的な目がうれしくて、ついつい母乳を吸わせてしまったあげく、母乳をかけたオチ×チンを手でシゴき、射精させてしまったのだ。

童貞の子に刺激は強すぎた。

またやってほしいと思うのは当然だろうと思う。

ジャージの上を脱ぐ。

半袖のポロシャツの胸が、大きく張っていた。

（あん、またこんなにおっぱいが張って……拓を実家に預けてるから、昨日の夜からずっと痛いのよね。テニスのときもつらかったわ）

ズキッと乳房の奥が疼く。

陽平に母乳を吸われたとき……胸の張りがおさまっていくと同時に、子宮の奥が疼くのを感じた。

（あんなに熱くて硬いモノ、久しぶりだった）

拓が生まれてから、ずっと夫とはセックスレスである。

だからこそ、だ。

大人と遜色(そんしょく)ない陽平の立派な生殖器を見て、いよいよ満たされぬ性欲が目覚めてしまったのである。

（今だって……私のミニのスコートから見えた太ももに、あんなにいやらしい視線を注いでくれた）

そう思うと、テニスウェアを着替えずにいてあげようかと思う。

性に目覚めたばかりの男の子を、健全ではない道へ導いた罪悪感がある。

なのに……いけないことだとわかっているのに、陽平の顔を見てしまうと期待に応えたくなってしまうのだ。

（あなた、ごめんなさい。息子の同級生に、私……）

紗菜は逡巡した末、白いテニスウェアを身につけたままリビングに戻った。

彼が目を血走らせて顔を赤らめたのが、はっきりとわかった。

「ちょっと待っててね。珈琲を淹れるから」

「あ、いえ、おかまいなく……」

彼の声がうわずっていた。

だが緊張しつつも、彼の視線が白のポロシャツ越しの乳房のふくらみや、ミニのスコートから覗く太ももに這っている。

（ああ、可愛いわ。目をギラギラさせて、私のことを見てる）

ついつい、からかいたくなる。

紗菜は珈琲を出してやると、テニスウエアの格好のままで、陽平のソファの隣に座った。

「あ、あの……」

「どうしたの？」

「えっ、いや……」

チラッと彼の目が、紗菜の太ももをとらえた。

ソファに深く腰かけたから、かなりキワドイところまで太ももが見えている。もう少しで白いアンスコが見えそうなくらいだ。

「どうしてテニスウエアを脱がないのかって思ってるのかしら。だって……陽くんがこの格好を好きかなと思って」

「えっ！　あ、いや、その……す、好きですけど」

言うと、陽平は視線を宙に泳がせた。

図星(ずぼし)をつかれた顔だ。

クスッと笑うと、ますます息子の同級生は、カアッと顔を赤くする。

「ねえ、陽くん。そういえば忘れ物ってどんなの？」

「そ、それは……」

陽平はますます小さくなる。

気まずそうな顔をして、ときどきこちらをうかがうように目を向けてくる。

（わかってるわ。忘れ物なんて口実よね。ホントはまたこの前と同じことをしてほしいんでしょう？）

わかりやすい反応に微笑ましくなった。

紗菜がさらに身体を寄せると、陽平はビクッとした。

太ももがぴったりとズボン越しの太ももに密着し、彼の肘にも乳房が当たってしまっている。

「……今日ね、拓がいないのよ。実家の母親に預かってもらっているの、夜まで」

「えっ、ああっ、そ、そうなんですね」

陽平が動揺した。

ふたりっきりだということを意識してくれたらしい。

うれしかった。

「そうよ。だから、ずっと吸ってもらえなくて、またおっぱいが張っちゃって、すごく苦しいの」

そう言うと、陽平がちらりとおっぱいのふくらみを見入ってきた。喉がゴクッと動いたのがわかる。

「ウフッ。そんな目で……いけない子ね。まだ何も言ってないのに」

と咎めるように言いつつも、ふわりと包み込むように抱きしめてしまう。陽平の身体の熱が、三十六歳の人妻を淫らな気分にさせていく。

(だめなのに……私のほうが、欲しがっちゃってる)

見れば陽平の股間は、しっかりとテントをつくっていた。

「陽くん。おばさんのおっぱい好きなんでしょ？　私、うれしいのよ」

正直な気持ちを吐露すると、陽平は胸から顔を離して、泣き顔でこちらを見入って重い口を開いた。

「あ、あの。ホントは忘れ物なんかないんです。ただ、この前のおばさんのおっぱいがどうしても頭から離れなくて。思い出すだけで、いつもチ×チンがこんなになっちゃって」

彼の潤んだ瞳が欲情を伝えてきていた。

紗菜もドキドキしつつ、そっと陽平のふくらみに手を差し出していた。

「ああ……」

陽平はビクッとするも、表情はとろけていた。

触って欲しいと腰が動いている。

「ウフッ。また陽くんの頭の中で、私の身体、エッチなことたくさんされちゃってるんでしょ？　無理やりにとか……」

耳元で淫らな台詞をささやくと、彼の勃起がまた硬度を増した。

「無理やりなんて」

「あんっ、こんなに硬くなって……いいわ。ちゃんとお願いするわね。すごくおっぱい張ってるから、また吸ってほしいの」

言うと、少年が目を輝かせた。

(きっとテニスウエアは脱がないほうがいいのよね)

紗菜は白いポロシャツとミニのスコートの格好のままソファに仰向けになり、膝掛けに頭を置いたまま、ポロシャツをめくりあげた。

露わになったのは白のブラジャーに包まれた乳房だ。

レースの装飾などない地味なランジェリーだが、ブラを露出しただけでも、陽平の目がハートになっている。

「白の下着って、透(す)けないんですか?」

「透けるけど、ちょっとだけよ。だって、スクールはみんなおばさんだもの。別に気にすることはないわ。男の子って女の人の下着が透けるの好きよね」

「透けるの見てるとドキッとするんです。でも、白い下着っておばさんによく似合ってます」

精一杯、褒(ほ)めてくれているのだろう。

「もう、そんなに気をつかわなくてもいいのよ。ねえ、陽くん。ブラジャー外してみたくない？　外したことないでしょ」

「は、はい」

興味津々という顔だ。

期待に応えようと、紗菜はソファにうつ伏せになり背を向ける。

「わかるかしら。真ん中の金具がブラのホックよ」

「これがホック……こう、かな」

ブラの後ろを引っ張られたと思ったら、初めてでもうまく外せたらしく、胸の圧迫がくたっと緩んだ。

（あんっ、男の人にブラを外されるなんて、久しぶり）

いやらしいことをされる、という気分が高まる瞬間だった。

紗菜はブラを両手で押さえたまま仰向けになって、ハアと静かに呼吸しながら、ブラジャーを下に下ろしていく。

ゆたかな双乳が、少年の目の前でぷるんと揺れた。

「すごいですっ、やっぱり大きくてキレイなおっぱい」

陽平の目が大きく見開き、ふくらみをじっくりと見つめている。

「ふふっ、いいのよ、好きにして。今日は陽くんだけのおっぱいだから……」

誘惑するような台詞を口にしてしまい、紗菜はバツの悪い表情をした。

（もう、私ったら。陽くんを惑わすことを……でもうれしいわ。乳首も黒ずんでる経産婦のおっぱいなのに、ハアハア言っちゃって）

陽平は「ああ、おばさん」と、うわずった声を漏らし、左右の乳房に五指を食い込ませてきた。

「あんッ……」

少年の手のひらでムニュと無遠慮に揉まれると、乳腺が刺激されて白いミルクがまた、こぼれてきた。

「すごいです。ちょっと揉んだだけで、こんなに母乳がこぼれて。ここにたっぷりとミルクがつまっているんですね」

「そうよ。陽くんにいっぱい飲んでほしくて」

「う、うれしいですっ」

陽平の息があがり、今度は強めに揉みしだかれる。

「あんっ、だ、だめっ……ああんっ……その揉み方、私……あっ、あっ……」

三十六歳の人妻は、追いつめられてミニのスコートを穿いた下半身をうねらせてしまう。

スコートがまくれ、フリルのついたアンダースコートが見えてしまうのに、はしたなく脚を開いてしまう。

「お、おばさんっ……僕……」

切羽つまったような声を漏らし、陽平の唇が右側の乳房に吸いついてきた。

すぐさま、ヂュッ、ヂュゥゥゥと吸引され、

「はああんっ、よ、陽くんっ、ああんっ」

思わず口から悩ましいあえぎ声が漏れて、背がのけぞった。

(息子の友達なのに、ああっ……また、感じてしまって……)

先日の陽平は、Ｇカップのバストを持て余し気味だったのに、今日はしっかりと揉みしだき、しかも舌づかいもこの前よりも巧みに感じられる。

(あンッ、陽くん……うまくなってる)

「いいのよ、もっと……」

髪をすくように撫でてやると、少年はうっとりした目で見入ってきて、今度は反対の乳房を揉みながら吸いついてくる。

チュ、チュパッ……ヂュルルル……。

音を立ててキツく吸われ、

「ああっ、ああん、いっぱい飲んでっ、おばさん、おっぱいが軽くなって、すごくラクになるから」

だが……覆(おお)い被さってくる陽平の下腹部が硬くなって、紗菜のアンスコにこすれてくると、おっぱいが軽くなる以上の別の快感で疼いてくる。

（あんっ……陽くんの硬くなったオチ×チン、私のアソコにこすれて……）

ズボン越しにも、男の子の熱気と硬度を感じてしまう。

「おばさん、口の中で乳首が硬くなってきてる」

「えっ？」

言われて、甘い快楽が乳頭部から広がり、紗菜は全身を震わせた。

先ほどまで一心不乱に母乳を飲んでいた少年の舌が、ねろりねろりと敏感な乳首の先を刺激してくるのだ。

「あんっ、陽くんがそんな舐め方をしてくるからよっ。ああん、だめっ……そんなイタズラは、だめっ……ううん」

だめと言いつつも、女体はさらなる刺激を求めてしまっていた。

アンスコの奥が疼き、テニスウェア姿のまま甘ったるい汗の匂いをさせている。

（ああんっ……私ったら、もう疼いてきてしまって……）

いけないと思うのに、少年に乳首を舐められていると、ゾクゾクした震えが腰に宿ってくる。

（……だめっ、濡れちゃう）

子宮の疼きとともに、アンスコのクロッチの内側に蜜の湿り気を感じた。

「ねえ、陽くんっ……もうだめっ、そんなにいやらしい舐め方っ、ううんっ！」

いやといいつつも、熱い疼きはどうにもとまらない。

（あなた、高明、ごめんなさいっ……私……）

許されないことだとわかっている。

だが、女として満たされなかったものを与えてくれる少年を、気持ちよくさせてあげたくなるのは仕方のないことだ。

「陽くん、また私を……エッチな気持ちにさせるのね。私のおっぱいで……もうここを大きくして」

ソファの上で仰向けに組み敷かれたまま、ふくれた下腹部に手をやると、

「あっ……」

少年はビクッとして、うれしそうに顔をほころばせる。

「すごく硬いのね……」

紗菜は潤んだ瞳で陽平を見つめる。

彼はハアハアと昂ぶった牡の目で、見つめ返してきた。

はっきりと少年に欲情の対象にされていることがわかり、年甲斐もなくドキドキしてしまう。

「お、おばさんっ……僕……この前みたいなことしてほしい」

「えっ？」

紗菜は陽平を見た。

あどけなさの残る少年が、泣きそうな目でこちらを見入ってくる。

（この期待を、裏切れない）

「陽くん、内緒にできる？　これも誰にも言っちゃだめよ」

陽平が小さくコクッと頷(うなず)いた。

3

少年のズボンとパンツを下ろした瞬間、薄ピンクの竿が、ぶるっと飛びだした。

（あんっ、やっぱりすごいわ……）

紗菜は感嘆の吐息を漏らしつつ、少年をソファに座らせる。

そして、おっぱいに引っかけていたポロシャツを脱ぎ、ブラジャーも取り去って、ミニのスコートだけの格好で、少年の脚の間にひざまずいた。

(陽くん、すごくうれしそうね……)

らんらんと輝く目に、期待と欲情が浮かんでいた。

この期待に応えたいと、紗菜はGカップの重たいふたつのふくらみを両手で持ちあげて、前傾してそそり勃つ怒張に谷間を近づけていく。

「え？　おばさん、えっ……あっ……」

陽平が狼狽(うろた)えたようにこちらを見た。

「ウフッ。陽くんの大好きなおっぱいよ、しっかり味わってね……こういうの、知ってる？」

胸の谷間で肉竿を挟む。

そして、そのまま柔らかな肉房でムギュッと包み込んでやる。

「えええっ、う、ああ……お、おばさんのおっきなおっぱいで、僕のチ×チンが挟まれるなんてっ、うわわっ」

谷間から飛び出た切っ先から、ガマン汁がドクドクとあふれて、紗菜の白い乳房を汚していた。

「あんっ、私のおっぱいの中で、オチ×チンがビクビクしてるっ。ウフッ。おっぱいの柔らかいのが気持ちいいのね？」

挟みながら、紗菜は上目遣いに見る。

「は、はひっ」

少年は、ぶるぶると震えて荒い息をこぼしていた。

（まだ動かしてもいないのに、うっとりしちゃって。可愛いわ。ああん、私、こんなこと夫にもしたことなかったのに、だめっ、パンティの奥が……）

紗菜は太ももをギュッと閉じ合わせる。

実は陽平におっぱいを吸われていたときから、ジクジクと甘蜜をこぼして、パンティのクロッチを湿らせていた。

（こんなに濡れて……私ったら……）

自分の淫らさに呆れつつ、紗菜は左右の肉房を寄せて、ぬるぬるした肉棒を左右から圧迫しながら、ムニュ、ムニュ、と双乳を動かしてシゴいていく。

「くううっ、おっぱいが、や、柔らかくてっ……すごすぎますっ」

陽平は両足を開いたままのけぞった。

（あんっ……おっぱいの中でオチ×チンが熱く疼いてる。だめぇ……おっぱいが、おかしくなっちゃう。こんなこと……いけないママなのはわかってるのに）

怒張の脈動が、乳腺を刺激するのが気持ちいい。

さらに肉房を中央に強く寄せると、尖りきった左右の乳首から、白いミルクがピュッと飛び出して、勃起を白く濡らしていく。

「くううっ、ああ、おばさんの母乳まみれで、柔らかいおっぱいにチ×チンがシゴかれて、ああ、あったかくて、ぬるぬるして……気持ちいい」

陽平はソファに座ったまま、大きく背を浮かせた。

ミルクパイズリは、少年にかなりの愉悦をもたらしているようだった。

その様子を眺め、紗菜も満ち足りた気分で目を細める。

「ウフンッ、陽くん、もっと気持ちよくなってっ。私のミルクおっぱいで、いっぱい乱れてほしいのっ……いいのよ、私、こんなオチ×チンを見せつけられて、ああんっ、おかしくなっちゃうわ」

少年の足元にひざまずき、自分の身体を使って奉仕する。

（陽くんへのおっぱいご奉仕、好きっ。ああんっ、三十六歳の人妻が、息子の友人にこんなにも心をとかされるなんて……）

紗菜はギュッとバストをつぶし、肉棒を母乳に浸(ひた)らせる。

肉竿は乳白色の液体まみれだ。

そして深い胸の谷間も、だらだらとミルクが垂れこぼれている。

ソファやカーペットにミルクが滴(したた)るのも構わず、肉棒を圧迫しながら身体を上下にゆすりはじめる。

「くうっ、お、おばさんのミルクおっぱい……ああっ、気持ちよすぎますっ」

ちゅく、ちゅくっ……。

ミルクが潤滑油となって、男性器の表皮が乳肌でなめらかにシゴかれる。

さらに尿道口からドクドクと噴きこぼれる少年の先走り汁が、白いミルクと混じり合って、ねちゃねちゃと粘っこい音を立てる。

汗とミルクと少年のオツユが混じって、いやらしい匂いが立ち込めている。

「うふっ、いっぱい出てるっ……先っぽから、こんなエッチな匂いまでさせて、ああんっ、いけない子だわ」

紗菜はぼうっとかすんだ目で、パイズリしながら陽平を見た。

（あんっ、私、もう……おかしな気分になってる）

上気した少年の顔が可愛らしかった。

彼もこちらを目を向けてきて、

「ああ、おばさん、すごいエッチな顔」

ハアハア言いながら、陽平がうっとり言う。

（やだ……）

自分でもいやらしい顔になっているのがわかる。

「陽くんっ、もっと感じて……お願い、おばさんに白いのかけてっ……」

さらに胸を寄せて揺らすと、

「ああ、おばさん、すごい……おっぱいにチ×チンがこすれてっ、おばさんとおっぱいでセックスしてるみたい」

陽平がうわずった声で言う。

「やだ、陽くん……セックスなんて言葉……」

そこまで言って、紗菜はハッと気づいた。

（陽くんがセックスなんて言うってことは……私としたいのね）

息子が隠れてアダルト動画を見ているのは知っている。とすれば、陽平にもセックスの知識はあるように思える。

男性器を女性器に挿入し、愛し合ってひとつになるという行為。

子どもだと思っていたが、セックスの知識はあるのだと改めて思えば、とたんに子宮の奥が疼いて少年を雄と意識してしまう。

陽平に今、押し倒されてしまえば、拒めるか自信がないのだ。

(この硬くて大きいのを私の中に入れられて……陽くんの初めての女性が、私……)

想像するだけで、クロッチの内側で蜜があふれてくる。

だが……。

紗菜は頭の中での誘惑を断ち切った。

息子の友達と性行為をするのは、さすがにためらわれる。

欲しいのは間違いなかった。

だが、今は……彼に、セックス以外で気持ちよくなってほしかった。

「ねえ、陽くんっ……もっとエッチなことしてほしい？」

媚びた表情で言うと、彼は、

「うんっ」

と、無邪気に答えてくる。

紗菜はウフフと笑みをこぼし、おっぱいで挟みながら顔を亀頭に寄せていく。

「おっぱいで挟みながら、オチ×チンにチューしてあげるわね」

「えっ、チ×チンに？　チューって」

彼が戸惑うのを楽しく見ながら、紗菜はおっぱいの谷間から飛び出た先っぽに唇をチュッとつけた。

そして。

人妻のふっくらとした口唇で、亀頭を大きく咥え込んでやる。

「えっ、う、わわ……おばさんが、僕のチ×チンを、く、口で……しかもミルクおっぱいでチ×ポを挟み込みながらなんてっ」

少年の腰が震えた。

紗菜は、口中でグンとふくれた勃起を感じる。

射精しそうなのだ。

(可愛いっ。私のおクチの中でオチ×チンが跳ねてるっ。私の母乳と陽くんのオッユが混ざり合って、甘じょっぱい味ね)

自分の母乳の味は知っていたが、男の子の興奮したときのオツユが、これほど塩っぽいとは思わなかった。

(あんっ、若い男の子の味。美味しい……)

いけないことなのに、ますます興奮で身体の奥が熱くなる。

……じゅるる、ちゅっ、ちゅぷっ……。

たっぷり唾を出し、舌で肉竿の表皮をこすってやる。唾とカウパー汁とミルクの音がいやらしい協和音を奏でている。

「ああ、そんな……おばさんっ、チ×チンを舌で舐めるなんてっ！　僕のなんて汚いですっ……汗かいてるし、匂いも……うぐっ」

陽平が唇を嚙んでいるのが見えた。

パイズリとフェラチオで、もうこらえるのもギリギリらしい。

「あふんっ、汚くなんかないわ。陽くんのオチ×チン、美味しい……。すごく苦いけど、若くて新鮮って感じで……」

紗菜はいったんクチから若い勃起を離し、上目遣いに見ながらまた咥え込んだ。

「ううっ、おばさんの口の中、あったかいっ。ああ……チ×チンがとろけそうだ。うっ、おばさん、そんなエッチな舐め顔を見せないで」

おしゃぶりの顔を見られていると思うと、顔が熱く火照ってくる。

(オチ×チンを舐めてる女の人の顔って、男の人は好きよね。きっとすごくエッチな顔になってるんでしょうね)

紗菜は恥じらいつつも、眉間にシワを寄せて、苦悶の表情をたたえながら大きく口を開けて、少年の性器を舐めしゃぶった。

(いやらしい舐め顔、たくさん見て……陽くん)

紗菜はガマン汁を噴きこぼす鈴口をちろちろと舐め、さらには亀頭冠をぬめった舌で一周ぐるっと這わせてやる。

「は、はひっ……気持ちいいっ。おばさんみたいなキレイな人がっ……いつも上品で可愛いおばさんの唇に、僕のチ×チンがキスされてるっ」

紗菜は目を伏せて、ちゅるっと勃起を離した。

「いやだわ。言わないでっ。もうっ、陽くんったら、エッチね。でもうれしいわ、おばさんをキレイな人だなんてっ、サービスしてあげたくなっちゃう。あむっ、んふぅっ……」

若い子に可愛い、キレイと言われて恥ずかしいが気分は高揚する。

紗菜はいったんパイズリをやめ、少年の陰毛が鼻先をかすめるほど、深く根元まで咥えてあげて顔を打ち振る。

「あああ、チ×チンが全部、おばさんの口の中にっ」

陽平は腰を震わせて、ハアハアと喘ぐ。

その様子を見あげつつ、紗菜は咥え込んで吸引しながら、よく動く舌で表皮を包んで、白濁ミルクに包まれた竿をヨダレまみれにしていく。

「んっ、んっ……んぐっ……んじゅぷっ……」

唾液の音と、紗菜のくぐもった声が混じる。

生温かな紗菜の口内粘膜と舌先で、少年の性器の表皮をゆったりこする。同時に根元もおっぱいでムギュとシゴくと若茎がふくらんだ。

(ああ、射精しそうなのね……)

陽平が叫んだ。

「ううっ、そんなっ。おばさんっ、もうだめっ、チ×チンの奥がゾワゾワするっ、あああっ、で、出ちゃいますっ」

情熱的なおしゃぶりは、童貞には刺激的すぎたようだ。

陽平は震えながらも紗菜の肩をつかみ、勃起を口から抜こうとする。

(私の口に出してはいけないって、思ってくれてるのね)

しかし、男の子が本当は精液を飲んで欲しいと思っているのは、人妻である紗菜にはわかっていた。

苦い精液を飲む女の苦痛の表情を見て、服従させたという気持ちが湧いたり、口の中に精液が入るのを見たいと思っている男性は多いのだ。

それに、自分の女だという特別な感情が芽生え、愛おしさも深まるらしい。
（陽くんの女にされたい、愛情を感じてほしい……）
息子の友人である。
人妻としてあるまじき想いなのに、つながりたいとの欲求が深まる。
（飲んであげたい……ううん、飲みたいの）
紗菜は陽平の腰をつかみ、逃げられないようにしてから根元を握り、
「んっ……んっ……んんっ……」
と、咥えたまま小刻みに顔を動かした。
ぷっくりした唇で、ペニスの表皮をこすりあげて刺激をさらに強めていく。
「くうう……だ、だめですっ。ホントに出る……」
せつなげな叫びと同時に、陽平の腰が震えた。
口の中で若茎が大きく跳ねた瞬間……。
どぷっ、どぷぷっ。
喉奥に向かい、温かくて粘っこいゼリーのような牡汁が放出される。
「ングッ！　ううんっ……むううんっ……」
紗菜は一瞬カッと目を見開いた。

だが、すぐにキュッとつむり、思いきって喉を鳴らして粘っこい子種を嚥下する。
(いやああんっ、すごい量。それに濃くて、喉につい ちゃう)
味もかなり苦くて、身体が震えるほどだった。
だが少年の精液は愛おしいと思う。
舌先で精子をころころとかしながら、唾で薄めて飲み下していく。
(お腹の中に、陽くんの出したものが……うれしいっ)
呼吸が苦しくなっても、紗菜はさらに吸引を続けた。
「ああ、お、おばさんっ、ごめんなさいっ。口の中に僕の汚いのを注いでるっ」
陽平は謝りつつ、興奮気味に叫んだ。
紗菜は眉根をくもらせつつ、咥えたまま首を横に振って、大丈夫と意思表示する。
飲むたびに、花弁がじくじくと疼きを増す。
パンティの奥は温かな蜜で、もうしっとりと潤みきっている。
(あんっ、また……はしたなく濡れてる。このままだとアンスコまで染みちゃう)
紗菜は顔を赤らめて、ミニのスコートからのびる太ももをよじらせる。
見れば、陽平はうれしそうに顔をほころばせていた。
(飲んであげてよかった)

放出がやみ、ようやく口を引いた。

「気持ちよかった？」

まだ陽平の匂いのする口で、紗菜はニコッとして訊いた。

少年はソファに座ってぐったりしながら言う。

「気持ちよすぎました……腰がとろけて動けないっ……まさか舐めるだけじゃなくて、精液を飲んでくれるなんてっ」

感激に打ち震えている少年の股間を見れば、驚くことに半勃ちの装いだった。

（ウソ……すごいわっ、一度出しただけじゃだめなのね）

しゃがんだまま目を細めていると、陽平はソファから降りてきて、床にしゃがんでいる紗菜に近づいて、もじもじした。

「そ、その……僕のって、どんな味？　美味しくないですよね」

真っ赤になって訊いてくる。

（ウフッ、陽くん……私を辱(はずかし)めたいのね）

紗菜が苦笑を漏らす。

「答えないと、だめかしら」

「えっ、あ、はい」

陽平の股間がひくついていた。紗菜も至福を感じる。

「……美味しかったわよ、陽くんの精液。ウフフ、男の子ってそういうの訊くの好きよね。うれしいの？」

言うと、陽平は照れて頭をかいた。

愛おしくなり、ふわりと抱きしめる。おっぱいがミルクまみれでも、かまわずにだ。

「お、おばさんっ」

「正直言うとね、苦くてつらいのよ、あれを飲むって」

「えっ」

わずかに陽平の顔が曇った。紗菜は微笑む。

「でもね、陽くんのは美味しいの。どうしてかしらね……」

耳元でささやくと、彼の身体が熱くなったように感じる。

（いやだわ。私ったら、こんなの告白じゃないの）

だが……汗ばんだ若い男の子の匂いや、精液の生臭さ、それに唾のとろみや、自分に対する性的な目つきすら、心地いい。

彼の前では女に戻ってしまう。

「おばさん、僕……うれしい。キレイで、大きな目がくりっとして可愛らしくて。ホントのママになって欲しい」

「陽くんってママは可愛いほうがいいの？　新しいお母さん、明里さんは私なんかよりうんと若くてキレイでしょ。確か、明里さんって大学生のときはモデルさんだったんでしょ？」

「うん、知ってる、けど……」

陽平が身体を強張らせる。

顔を見れば、すっかりしょげかえっている。

（あらあら。お母さんを亡くしてまだ癒えてないうちに、新しいママだものね……きっといろいろあるんでしょうね。寂しいのよね……）

ミドルレングスのボブヘアをかきあげ、紗菜は陽平をじっと見る。

この子は特別。

そんな気持ちが、紗菜の心をときほぐす。

「……陽くん……したい？　おばさんと」

「えっ？」

リビングのカーペットの上。

ふわり抱きしめて、紗菜はついに禁断の行為を口にしてしまい、慌てた。

「あっ、えっ……違うのよ。陽くんってモテそうだから、その……早めに女性というものを知っておいたほうがいいと思うのよ」

言い訳がましく言うも、彼は複雑な表情だ。

「そ、それって……そんなの、おばさんのことセックスの練習に使うみたいで」

陽平が顔を赤くしていた。

紗菜は思いきって、口を開く。

「いいのよ。それで。私の身体を使って、エッチの練習をしてみたら？　せっかくここまでしたんだし……」

「えええ！」

陽平が目を剝いた。

（ああ、ついに私から……最後までしたいなんて……）

恥ずかしい告白に、心臓がバクバクする。

「い、いいんですか？」

「陽くんの初めてがこんなおばさんで申し訳ないけど。でも、私でいやじゃないのよね？」

「い、いやなわけ、ないです！　僕、ずっとおばさんのこと……」

懸命な様子が伝わってきて、キュンとした。

淡い恋心を持っていてくれたのは、本当のことなのだろう。

だが、その言葉は口にはしてはだめだ。

紗菜は人差し指を縦にして、少年の唇に押しつけた。

「だめよ、その先は言わないでいいのよ。ホントの好きは、同級生の女の子とかにとっておいて」

陽平が小さく頷いた。

紗菜は目を細めて、耳元でささやく。

「ねえ、陽くん……今日だけ、あなたのものになってあげる」

人妻として禁忌の言葉を吐くことで、また子宮の奥が妖しい熱を帯びてしまうのだった。

4

カーペットの上に立ち、紗菜はミニのスコートを腰までたくしあげた。

そしてフリルのついたアンダースコートに指をかけ、ヒップを揺らして丸めながら脱ぎ下ろしていく。

ミルクのまみれた双乳が、動くたびにぷるぷると重たげに揺れてしまう。少年の目を楽しませているとわかって身体が熱くなる。

（ああ、若い男の子の前で服を脱ぐのって恥ずかしいわ……）

しかし、もうパンティは愛液でぐっしょり湿っていて、アンスコまでシミ出ているのだ。それを見られるくらいなら、さっさと脱いだほうがましだ。

見れば案の定、アンスコのクロッチにまで、小さな濡れジミができていた。

（こんなの、陽くんには見せられないっ。オチ×チンを咥えただけで、三十六歳の人妻が濡らしてしまうなんて）

アンスコを脱いだだけで、ツンと鼻を突く蜜の匂いが漂った。一緒にパンティも脱げばよかったと思ったがもう遅い。

アンスコを爪先から抜くと、紗菜はそのままベージュのパンティも下ろしてしまおうとした。

そのときだ。

「お、おばさんっ、ぼ、僕が、パ、パンティを脱がせていいですか？」

陽平が赤ら顔で訴えてきた。

紗菜はパンティに手をかけつつ、彼を見る。

（あんなにキラキラした目で……）

ハア、と息をついて、先にミニのスコートのホックを外して足元に落とした。

（ベージュって、シミが目立つのよね……でも……このドキドキした感じ、久しぶり……抱かれる前に女のすべてを男の人に見られる恥ずかしさ）

パンティ一枚の格好でもじもじしていると、陽平がしゃがんだまま足元にきた。

「い、いいですか、脱がせて」

すでに陽平も上を脱ぎ、全裸になっている。

引きしまっているが細い体つきだ。

少年の熱い視線が、パンティの股間に集中している。

「……いやだと言っても襲われちゃいそうね。いいわ」

紗菜がカーペットの上で仰向けになる。

パンティをつかまれて、腰から薄い布地が引き剝がされていく。

「んんッ」

シミのついたパンティを若い男の子に脱がされる。

その羞恥にたえきれず、紗菜はくぐもった声を漏らして、顔をそむけた。

太ももから膝に、丸められた下着が脱がされていく。その途中、少年の手がピタリととまった。

「あ、ぬ、濡れてっ……おばさんのパンティが濡れてるっ……ああっ、すごいです」

言われて、カアッと身体が熱を帯びる。

(い、いやっ……)

紗菜は顔をそむけたまま、ギュッと目をつむる。

息子の友達に、シミつきパンティをゆっくりと剝き下ろされる恥ずかしさは、頭が真っ白になるほどの拷問だった。

平然としていられなくて、全身が小刻みに震えた。

「うわあ、こ、これが……女の人のアソコ……」

爪先までパンティが下ろされ、少年の温かな息が女の恥部に当たった。

脚を閉じたくとも、陽平が両方の膝を手で押さえている。

(ああん、見られてる。浅ましく発情した女性器を……こんな、子どもがおしめを替えるときのような恥ずかしい格好にされて……じっくり眺められて)

体温があがり、動悸が苦しくなる。

ごくっと唾を飲み込む音が聞こえ、吐息が陰唇に吹きかけられている。

（ああんっ、もうっ……マジマジと見てるのね。私、夫にしか見せてはいけない場所を、息子の友人に見られてるっ）

乳房やお尻を見せる以上に、女性器を夫以外の男性に見せるのは、特別な感情があった。

しかしだ。

夫が女として見てくれない寂しさを、埋めてくれるうれしさもある。

（陽くんっ。私をひとりの女として、興味を持ってくれてるのはうれしい……でも、初めて見る女性器が、こんなおばさんのでいいのかしら……）

正直、若い子のような薄ピンクの華（はな）やかさがなくなっている。

ふたりも子どもを産んだので、花ビラの色素が沈着して柔らかくなっている。ピンク色の内部はくしゃくしゃで、しっとりと潤みきっているだろう。

少年の初めて見る女性器が、三十六歳の子持ち人妻のもの……トラウマにならないかと、羞恥とともに心配が重なる。

「ねえ、陽くんっ……あんっ、そんなに見ないで……私、ふたりも産んでるから、こんなになってるのよ。きっと若い子はもっとキレイだから……」

「そんなことないですっ。すごくいやらしくて、匂いも……嗅ぐと、チ×チンがまたふっくらしてきて」

紗菜はハッとして上体を起こす。

「だめっ、おばさんのアソコなんて嗅がないで」

見れば少年の鼻先は、陰毛にこすれるほど近づいていた。

「えっ？　あ、でも……また、透明なのがおばさんのアソコから垂れてきた」

本能的なものだったのだろう。

膣口からあふれる蜜をすくおうと、陽平の指が亀裂に触れた。

「あ、あンッ」

それだけで紗菜の腰がビクンッと震え、甘いうめき声がこぼれ落ちた。

「えっ、おばさん……ちょっと触っただけで？」

少年が驚いた顔で見つめてくる。

紗菜は真っ赤になって首を振った。

「違うのよ。やっぱりそうだわ……私、拓を産んで、身体が感じやすくなってるみたい。陽くん、ごめんね。はしたなくて」

陽平が楽しげな表情に変わった。

感じやすくなっている、というのはうれしいことらしい。

「でも、僕、おばさんの感じてるときの顔と声、すごくエッチで、興奮しちゃいました。もっとしてもいいですか？」

「え、ええ……いいけど……」

恥ずかしかった。

初めての少年に手ほどきするどころか、翻弄されてしまっている。

「ここ、小さな穴が」

好奇心旺盛な少年の指が花弁をまさぐり、膣穴に浅く潜り込んできた。

「アッ……はあっ……んッ」

紗菜は思わずうわずった吐息を漏らす。

男の人の指で、身体の奥をくすぐられる。

久しぶりの快楽だった。

クチュと小さな淫音が立ち、疼くような痺れが爪先まで広がっていく。

(やだっ、匂いが……)

母乳の甘ったるい匂いを打ち消すように、むわっと発情したときの匂いが鼻についた。

ブルーチーズのような、生魚のような……湿った獣の生臭さ。

おそらく陽平に嗅がれているだろう。

人妻の顔は、羞恥に歪む。開いた両脚がひくひくした。

「女の人の中って、こんな形なんだ……奥までたくさん襞(ひだ)があって、あ、また濡れてきてる」

膝を押さえつけられてまま、じっくり眺められ、さらに指でイタズラされた。

もう三十六歳の人妻として、いたたまれなくなってきた。

「お願い、陽くんっ。こんな格好にさせたまま、じっくり眺めないで」

紗菜が声を震わせて言うと、

「あっ、ご、ごめんなさいっ」

少年の指は膣口から離れる。

そのとき、偶然にも彼の指が上部の肉芽をすった。

「きゃううんっ！」

びりっ、とした痺れで、思わず紗菜は甲高い声を漏らした。

いきなり敏感な部分を触れられて、まったく準備してなかったのだ。

（あんっ、いやっ……まだ痺れてるっ……クリトリスって、こんなに感じる部分だったかしら……）

「おばさん、今のこ、ここって……クリトリス？」

陽平が、ハアハア言いながら訊いてきた。

「そうよ。ウフッ、陽くん、そういうのは知ってるのね……女性がすごく感じる部分なの。だから優しくしてね」

教えるように言うと、少年はスリッ、スリッ、とフェザータッチで愛撫する。

「あっ……あっ……」

気持ちよくて、うわずった声が漏れてしまう。

しばらく肉芽をいじられつづけると、目の前が霞み、ハアハアと口が半開きになる。

「だめっ、ああっ、ああんっ、気持ちいいっ……いいわ、上手よ、もっと……」

言われたとおりに、少年の指は一定のテンポでクリを刺激しつづける。

「ああんっ、いいっ、いいわっ、あああんっ、ううんっ」

(は、恥ずかしいっ)

乱れたくはないが、しばらくぶりの感覚と、産後の身体の変化によって感じすぎてエッチな声を隠しきれない。

演技なんかできなくて、腰が勝手にくねっていく。

「あんっ、だめっ、あんっ、あっ……ハアッ、アアッ、アアアッ！」

「い、色っぽいっ……おばさんの感じた顔、可愛いっ……」

「いやん、見ないでっ、うっ！　はうううんっ……」

恥ずかしいのにどうしても眉根を寄せた、泣き顔を披露してしまう。

顔を隠そうにも、手がカーペットをつかんでしまっていた。

紗菜は首に筋ができるほど悶え、何度も腰を物欲しげにすり寄せた。身体中が疼いて震えがとまらない。

（いや、だめえっ……）

少年の指が、少し強めにクリを弾いてきた。

「くううっ！　ああんっ、陽くんっ、そんなにしたらっ、私っ、ああんっ、だめっ、だめになっちゃぅ！」

紗菜は上気した顔で何度も、イヤイヤと首を振る。

だが興奮しきった少年の耳には届かない。

ついには、柔らかく、ぬめった舌先で、小さな突起をくすぐられた。

「はああっ、イヤッ、イヤァァ！」

チュパチュパと、陰唇を舐める音がする。

足先が震えて、全身が痺れきっていた。

気持ちよすぎて、意識がぼうっとしてかすれていく。

「お、お願い、陽くんっ……もうだめっ、オチ×チンっ、オチ×チンを入れてっ、私を、ああんっ、よ、陽くんのものにしてっ！」

三十六歳の人妻が、息子の友人の中学生におねだりする。

なんとも浅ましく恥ずかしいが、そうしないと、少年の目の前で淫らにイク姿を見せつけることになっただろう。

少年が顔をあげた。

口のまわりが蜜で濡れていた。目がギラギラしている。

牝を犯したくてウズウズしている表情だ。紗菜の興奮はますます高まり、顔をそむけながら仰向けのままで自然と導くように脚を開いてしまう。

陽平は躊躇(ちゅうちょ)していたようだが、やがて膝を進めて、硬い切っ先を紗菜の濡れた女芯にあてがってきた。

（ああ、私……陽くんと、しちゃうのね……最後まで……）

人妻として夫以外の男に身体を許すなど、初めてのことだ。

貞操観念は強い。だから町まで出たときなど、声をかけてくる男がいてもすべて無視を決め込んでいた。

それなのに……。

相手は、息子の友人で中学生だ。

未成年との性行為など、どんな言い訳をしても許されぬ禁忌……だが、紗菜の奥の女の疼きは、陽平の逞しいモノを受け入れることだけを欲していた。

「こ、ここですね」

「そうよ、下のほう……焦らなくていいからね」

指を肉茎に添えて、そっと入り口に導いてやる。

触れただけで火傷しそうなほど熱く、ドクドクと脈動していた。少年のモノとは思えないほどの大きさに、女の気持ちが華やぐ。

（中学生の彼の初めてを……私が……）

切っ先がググッと押しつけられる。

うれしさと同時に、いけない気持ちが湧きあがった。

「よ、陽くん。ホントに初めてが私で、いいのね」

戻れない一線だ。

だが彼は、すぐさま何度も頷いた。

「うれしいです。おばさんが初めての人に……こんなの夢みたい」

キラキラと目が輝いていた。

ここまできたら、性的なものに興味津々な男の子を、遠ざけることは不可能だ。

「よ、陽くん……ンッ」

くちゅ、とわずかな水音が立って、大きなモノで押し広げられていく。

(陽くんのが、入ってくる)

久しぶりの感覚だった。

いきり勃った屹立が、膣粘膜をかきわけて押し入ってきた。

「あ、あんっ」

切っ先がぬぷりと突き刺さる。

紗菜の息が一瞬とまった。

「んんっ、そんな……い、いきなりっ」

奥が満たされて、意識が痺れていく。

(ああんっ、すごい太いっ、奥まで入れられて息ができない……脚に力が……)

初めて経験するような嵌入感だった。広げられて、押し込まれる感覚が女の至福を呼びさます。

「んっ……くう」

男性に組み敷かれるうれしさは、たとえ相手が中学生であっても同じだった。

紗菜は少年の細い腕をつかみ、苦しげな顔をしつつも、彼を見る。

加減を知らない男の子は、さらにぐいぐいと腰を入れてくる。

「くうう、ああ、あったかいですっ、ふわふわして……き、気持ちいい」

少年はヨダレを垂らさんばかりの恍惚の表情で、初めての女の潤みをペニスで味わっている。

さぞかし気持ちいいのだろう。

もちろん紗菜もそうだった。

さらに陽平は腰を動かして、深く切っ先を埋めてくる。

「ンッ！　あああっ……」

紗菜の美貌がクンッと持ちあがる。

肉茎が深いところまで埋まり、紗菜は湿った声を漏らす。

彼が動くと肉の先が子宮に当たってきた。すべてを少年に奪われた気がして、紗菜はわずかに顔をしかめる。

「い、痛かったですか？」

彼が汗ばんだ顔で、心配そうに訊いてくる。

紗菜は顔を横に振った。

「ううんっ。大丈夫よ。私のことはいいの。初めてなんだから、好きなようにしてみたいでしょ。おばさん、平気だから」

年上らしく優しい言葉を紡ぐ。

だが、実のところ自分でも余裕がなくなってきていて、怖くなっていた。

（ああ、全部みっちりと嵌まって……もう、陽くんのことしか考えられない。どうしよう、私……）

少年に欲望をぶつけられたら、平然としている自信がなかった。

狼狽えていると、彼は前傾してゆっくりと剛直を出し入れしてきた。

目もくらむ衝撃。

痺れるような快楽の波が、三十六歳の人妻の全身に走る。

「ああんっ、は、激し……ああんっ、すごいっ……削られちゃうっ！　陽くんの形にされちゃううっ」

はしたない言葉を漏らし、紗菜はのけぞった。

野太い抽送が容赦なく女の膣洞を押し広げて、女の悦びをひたすら与えてくる。

「くううっ、ああ、おばさんっ……あったかいもので、し、締められてっ。チ、チ×

チンが、ああっ……もうっ……」

叫びながらも、ストロークは激しさを増す。

身体ごと揺さぶられて、ふくよかなバストが揺れ弾む。ふたりのハアハアという呼吸がからまり、汗が飛び散る。

愛液のぬかるんだ音と、下腹部のぶつかる打擲音が響き出す。

粘膜が直接こすれるのを味わうように、彼の腰の動きがねばっこくなってくる。

「いやっ、ああんっ、陽くんっ……それだめっ……ああんっ、わ、私も……」

子宮への圧迫感がすさまじかった。

快美が女体の中で渦を巻く。

「ああ、おばさんのあったかいおま×こが直に伝わってきて……あっ！　じ、直にしてるって……や、やば」

彼が急に泣き顔になった。

紗菜は少年の気持ちを察し、汗ばんだ美貌をニッコリさせて、陽平の髪を手ですいてくしゃっ、とかき乱す。

「ウフッ、気にしないでいいって言ったでしょ。私、大丈夫な日だから、おばさんにまかせて。出したいときに出していいのよ」

「ああっ、お、おばさん……」

かすれた声で、甘えるような表情を見せる。

トクン、と紗菜の心臓が音を立てる。

年上がキュンと熱い気持ちになったところで、中出しを許されたペニスが、襲いかかってきた。

「あっ、あああんっ……そ、そんな、奥までっ……アアンッ、アッ……だ、だめっ、いきなりそんなっ、とろけちゃうっ……ッ」

（避妊具をつけてないから……直接こすられる。陽くんの、気持ちいいっ）

正常位で組み敷かれたまま、紗菜は手を伸ばして陽平の背を抱いた。

彼にギュッと抱きしめられて、出し入れされる。

もう心までとろけそうで、瞼を開けるのもつらくなってくる。

「くうう、中がぐちゃぐちゃして、た、たまらないですっ」

少年が呻（うめ）いた。

ハアハアしながら、見つめてくる。

「ああんっ、いいのよ、もっと……好きにしてっ、おばさんを壊（こわ）してっ」

甘えるように言うと、少年は目をギラつかせる。

「も、もっと……いいんですねっ」

身体を丸めて挿入したままで、乳首に吸いついてきた。

「ひっぃ……ああんっ、オチ×チン入れながら、おっぱい吸うなんてっ、ああっ、だめっ、感じすぎちゃうっ……！」

強い吸引力で、胸の奥がジクジクする。

するととまっていたミルクがまた、乳首からじわあっと噴き出した。

チュパッ、ヂュルルル……。

陽平は強い力で吸引しつつ、腰を激しくぶつけてくる。

「あああんっ、いいのっ、もっとおっぱい吸っててっ！　私のミルクを吸いながら、あんっ、陽くん、出していいのよっ、はああんっ」

乳首を吸われる心地よさと、奥を突かれる充足感。

ふたつ同時の愉悦を与えられ、人妻はクンッと細顎(ほそあご)をのけぞらせて、ハアハアと荒い息をこぼしつづける。

「ああ、おばさんっ、おばさんって、美人でスタイルもよくて、僕っ、高明に嫉妬(しっと)してっ……でも、今日だけは僕のものにしたいっ」

その言葉を実証するように、彼がさらに深くえぐってくる。

「ああ、陽くんっ、いいわ。陽くんっ、あなたのものにしてッ。おばさんを、陽くんの女にしてっ……」

ミドルレングスのゆるふわ髪を振り乱し、紗菜はよがり泣いた。

十代の猛ったペニスと、乳首への強い吸引、そして恋い焦がれる告白を訊いて、紗菜はもう心も体も、少年に染めあげられていた。

「はあああん、ダメッ、ああんっ、そんなに吸われて、奥まで突かれたら……ああんっ、ミルクを吸われながら、イクなんて……だめっ、私、そんなのだめっ」

導いてあげるつもりだった。

だが子どもを産んで感度のあがった肉体と、中学生の荒々しいまでの激しさに、紗菜は耐えることができなかった

「ああんっ、ごめんなさい。私、もうっ」

目の奥が弾けそうだ。

紗菜は豊腰をくねらせる。

「ああ、イクッ……だめっ……イクうっ……」

（陽くんのものにされる……）

なんという甘美な響きだろう。

脚をM字に開いたまま、紗菜は腰をガクンガクンとうねらせる。

意識が破裂した瞬間。

肉体的な反射で、中にあったペニスを紗菜はキュウウと食いしめた。

「うああ、締められるっ……ぼ、僕っ、もう」

恍惚となった紗菜の美貌に向かって、少年は泣き顔を見せてきた。

膣内で、陽平の勃起がふくらんでいる。

「いいのっ、気持ちよくなって……陽くんの濃いの、私の中にちょうだいっ……」

うっとりしながら頭を撫でる。

危険日ではないが、許されない中出しの行為。

だがアクメをさせられた人妻は、少年の精を浴びることを望んでいた。

「い、いいんですね。ああ、僕っ……」

奥まで貫いたときだった。

彼は乳首に吸いつき、ミルクを吸いあげた。

同時に奥の若茎がググッとふくらみ、次の瞬間には暴れるように跳ねあがって、熱い白濁液を膣内に注ぎ込んできた。

「あっ、あああんっ……おっぱい吸われながら、射精されるなんてっ、ああんっ、だめっ、私また……連続で……」

どろりとした熱い子種が膣内に染み入っていく。

「あんっ、陽くんの熱いっ。私の中、陽くんのミルクでいっぱいにされてっ……ああんっ」

紗菜は恍惚に打ち震えながら、ギュッと少年に抱きついた。

汗ばんだ身体は甘酸っぱい匂いがする。

彼をギュッと抱くと、華奢な骨格が幼さを感じさせる。

(アソコがジンジンしてるっ。奥が陽くんの精液で熱いわっ。ああんっ、私……高明の友達に、ホントに膣内射精を受けたのね……)

うしろめたさはある。

だが、寂しい少年を受け入れた充実感もあった。

しばらくすると、注ぎ終えた陽平がぐったりと身体の力を抜いた。

紗菜は汗ばんだ顔で少年を見つめる。

「ウフフ。おばさんの中に出して……気持ちよかった?」

陽平も汗で上気した顔を見せつつ、頷いた。

「もう、意識が……どこかにいっちゃいそうで、こんな気持ちいい射精、初めて。初めてがおばさんでよかった」

「そう。よかったのね。ああん、おばさん。うれしいわ」

愛しさがこみあげて、紗菜は思わず唇を重ねてしまう。

少年は驚きつつも舌をからめてくる。

やがてふたりは、深いディープキスに溺れていくのだった。

第三章　家庭教師のご褒美コスプレ

1

（あーあ、まいったなあ）

友達の美人ママ、紗菜とめくるめく初体験をして三日。

どうしても初セックスのよさが忘れられずに、思い出すたびにオナニーをしてしまうから、勉強が手につかないでいる。

（おばさんと約束したのに……）

成績が下がったら、二度としない、というふたりの間の決まりだ。

困ったなあと思っていたら、階下でインターフォンが鳴った。

時計を見ると午後四時だ。

明里が四時に来ると言っていたから、おそらく家庭教師の先生だろう。

(やだなあ、家庭教師なんて……)

初体験をする前から、陽平は成績が落ちまくっていた。父親から家庭教師をつけると言われて、今日が初日である。面倒臭いなと思いつつ、渋々階下に降りていく。

すると玄関前に、明里とキレイなお姉さんが立っていた。

(あれ?)

美人のお姉さんを見た瞬間に、ウソだろ、と思った。

「あ、葵先生っ!」

「陽平くん。ああ、やっぱり……名前に記憶があったのよね。京田陽平くんよね。ああ、懐かしいわ。大きくなって」

小柄で黒髪のショートボブヘアの葵が、ネコのような大きな目をくりっとさせて、ニッコリと笑う。

「あの、お知り合いかしら」

明里がきょとんとして、こちらを見てきた。

「ああ、小学校のときの担任の先生で……」

「陽平くんの六年生のときの担任で……柏木葵です。今は結婚して、名字は変わったんですけど」

葵が頭を下げた。

(あ、葵先生……ちょっと雰囲気は変わったけど、可愛いあの頃のままだ)

小学校六年生のときの担任だから、今から三年前のことである。

あのとき二十五歳だったから、今は二十八歳か。

当時、とにかくアイドルみたいに可愛かったので、すぐに男子生徒たちのマドンナ先生になった。

小柄で華奢だけどおっぱいは大きく、グラビアのスレンダー巨乳みたいだと、小学生男子たちはウハウハしていたものだ。

(葵先生で精通したってヤツもいたくらいだしな)

もちろん陽平も夢中だった。

しかし三年ぶりに見た葵は、なんだか逆に若返って見えた。

膝上二十センチくらいありそうなミニスカートに、襟元が紐で結ばれていて、谷間が見えそうな白いニット。

地味な白ブラウスに長いスカートという、あの頃の真面目な服装とはまったく違って、今日はかなりセクシーだ。

(これが普段の葵先生か……エッチでキレイなお姉さんって感じだ)

「まさかこんな偶然があるなんてねぇ」

　葵が目を細める。

「せ、先生、なんで家庭教師に?」

「私ね、キミたちが卒業してすぐに結婚したのよ。それは知ってるでしょう? で、それを機に教師を辞めて子どもを産んで。まだ娘は小さいけど保育園に預けて、少しは家計の足しになるかなと思って、家庭教師の会社に登録したってわけ」

「そうなんですか。陽平がお世話に」

　そこで明里は、陽平の父親と結婚したいきさつを葵に説明する。

　自分も子どもを産む予定だと話すと、勝手にふたりで盛りあがっている。陽平にとってはあまり気乗りしない話題だ。

(しかし、先生も小さい子どもがいるのか……)

　言われてみれば、ニットの胸元が、あの頃より盛りあがっている気がする。

(葵先生も、母乳が出るのかな?)

　高明の母親の母乳を思い出し、胸を熱くしていると、

「じゃあ、さっそく行きましょうか」

と、葵が部屋に行くように急かしてきた。

葵とふたりで二階に行き、部屋に入る。

（まさかあの葵先生が、僕の部屋にいるなんて……）

ドキドキしていると葵は陽平の机まで行き、

「あら、予習してたの？　感心感心」

と、うんうんと頷いた。

「英語からだっけ？　はじめましょうか」

そう言って、ニコッと笑う姿も授業のときのままだ。

陽平は机に座ると、

「じゃあ、ここからね。まずはひとりで解いてみましょうか」

葵はしばらく真後ろに立っていたが、そのうちに億劫になったのか、陽平のベッドに腰かけた。

（おおお、僕のベッドに葵先生のお尻が……）

肩越しに後ろを見ると、葵は部屋にあった参考書を読んでいる。

ミニスカートから、健康的な太ももがキワドイところまで見えていた。

というか、ものすごくスカートが短いので、太ももどころか、葵が脚を組み変えるたびに白いパンティが、ばっちり覗ける。

（う、うわっ……中学生男子にこれはまずいですって……というか、葵先生って普段はこんな無防備なんだ）

どうやら葵は、陽平をまだ子どもだと思っているようだ。

でなければ、部屋でふたりきりになるというのに、こんなミニスカートなど穿いてこないであろう。

「どう？　ちゃんとできてる？」

葵が参考書をミニスカの上に置き、パンチラをガードしながら訊いてきた。

「え、あっ……こ、ここが……」

「どこ？」

彼女は立ちあがり、覗き込んできた。

（えっ、ち、近いっ）

彼女の甘い息の香りが鼻腔(びこう)をくすぐる。

ムンとした化粧品の匂いも、大人を感じさせる。

家庭教師なんか、と思っていたが、これなら毎日でも受けたいと思ってしまう。

中学生男子など単純なものだ。

2

「お、おじゃましまーす」

陽平は土間で靴を脱ぎ、葵の家にあがった。

「いらっしゃい。どうぞ」

葵が先導するように先に進む。

陽平は葵の甘い匂いを嗅ぎながら、後ろ姿を眺める。

小柄だが、やはりスタイルはいい。

腰なんかつかめそうなほど細く、ミニスカートから伸びた脚は、すらりとして美しかった。

ヒップは小気味(こぎみ)よくキュッと持ちあがって、やけにエッチだ。

背中から腰、そしてヒップへと続く急激なS字カーブが、なんとも女らしい。

(今日もミニスカートに、タイトなニットだなんて。ああ、おっぱいすごいっ。歩くと揺れてるっ……)

リビングに入り、葵が振り向いた拍子だ。

ニットに浮き出た大きな丸みが、ぶるるんと揺れた。

童貞を卒業したばかりの中学生には、目の毒すぎて、股間がずきっとした。

「お勉強はリビングでいいかしら。飲み物を用意するから座っててね」

葵が丸い座布団を出してきて、陽平の前に置いた。

リビングにはローテーブルがあった。陽平は足を崩して座る。

葵がいなくなってからリビングを見渡した。

古民家風のつくりで、新築の木の匂いがした。天井が高くて、上で送風機がぐるぐるとまわっている。

(なんだっけ、こういうの……レトロモダンってヤツか。さすが建築家の旦那さんだなあ。おしゃれだ)

それにしてもだ。

先ほどから緊張が解けない。

手汗がびっしょりだ。

まさか、葵先生の家で勉強することになるとは思わなかった。

理由は単純で、保育園が休みだからである。

小さな娘を置いて出かけられないので、家庭教師を休みにする予定だったのだが、だめもとで先生の家で、と訊いたらＯＫだったのだ。

（旦那さんも今夜は出張か……なんか緊張する）

何かあるわけないと思う。

だけど、中学生にはこのシチュエーションだけで股間が疼く。

手汗をズボンで拭っていると、葵が戻ってきた。

お盆にオレンジジュースが乗っている。

「どうぞ、陽平くん」

ローテーブルにグラスが置かれた。

「あ、ああ、すみません」

ぎこちない手つきでストローを吸うと、葵がクスッと笑った。

「緊張しなくていいのよ。いつもどおりにリラックスして」

葵も丸い座布団を出し、テーブルを挟んだ向こうで正座した。

（ああ、ふ、太ももが……）

ミニ丈のスカートがたくしあがり、もう限界ギリギリまでムッチリした白い太ももが露出している。小さなデルタゾーンに薄ピンクがチラッと見えていた。

（き、今日は、葵先生……ピンクのパンティなんだ……）

自分の家だからだろう、いつもより葵はリラックスして見える。

それに加えて、どうやらいまだに教え子の陽平を、小学生のように思っているらしいから、ずっとこんな無防備が続いていた。

「ええっと、英語の続きよね」

先生がテキストを出した。またおっぱいがゆっさと揺れる。

勉強が進むかどうか心配になってきた。

（葵先生、おっぱい大きいよなあ。高明のママと同じくらいってことはGカップ？）

母乳たっぷりの紗菜の甘美なふくらみと、目の前の葵のおっぱいをどうしても比べてしまう。

（葵先生のほうが華奢だから、おっぱいの存在感がすごいんだよな）

大きさ自体は紗菜に軍配だが、トップとアンダーの差なら葵に軍配だろう。

（そんなことばっかり考えて……）

なんとか集中しようとしたときだ。

幼子がとことこと走ってきて、葵にぶつかっていった。

「あらあら、真菜ちゃん。起きちゃった。泣かなかったのね。偉いわ」

「あ、葵先生の……可愛いですね」

とても小さくて人形みたいな女の子だ。

「ありがとう。真菜って言うのよ。真菜ちゃん、お兄ちゃんにいくつか言える？」

抱っこしながら葵が言うと、幼子は小さな指を二本立ててきた。

「にちゃい」

「え、もうしゃべれるんですか？」

「まあ単語だけね。二歳はイヤイヤ期っていってね、反抗してくるし、力は強くなるし……あんっ、真菜ちゃんッ」

葵が慌てた声を出す。

というのも、真菜が「ママー」と叫んで、大きなバストの胸元を引っ張ったからだ。

その拍子にニットが伸びて、ピンクのブラに包まれた胸の谷間が見えた。

（う、うわっ……ブラとおっぱい見えた。やっぱでかいっ）

しかもだ。

幼子はお腹がすいたのか、葵のおっぱいを出そうと、もぞもぞとニットに手を入れて、まさぐりはじめた。

「ちょっ、ちょっと……真菜ちゃんっ」

葵がくるりと後ろを向いた。

ごそごそとニットに手を入れている。どうやら、ブラジャーを直しているみたいだ。

（ぼ、母乳……葵先生も母乳なんだ……）

やはりその甘美なふくらみは、高明のママと同じく、ミルクをたっぷりふくんでいるらしい。

どんな味がするんだろう。

なんてことを妄想していたら、葵がこちらに向きなおった。

「もうそろそろ卒乳っていってね、おっぱいから離乳食にいきたいんだけど、甘えんぼさんなのよ」

「そ、そうなんですね」

日常会話だろうけど、中学生男子にはエロ話にしか聞こえない。

陽平の股間は疼きっぱなしだ。

「ごめんね、ちょっとおっぱいあげてくるから、進めてて」

葵は真菜を抱きながら、リビングを出ていく。

ひとりになって勉強しようと思ったが、妄想で手につかない。

（今、この家のどこかで、葵先生はおっぱい丸出しなんだ……）

見たい。

ちょっとだけ見たいっ。

どうも紗菜のミルクを吸ってから、母乳フェチになってしまったようだった。

こっそりとリビングを出て、授乳している部屋を探す。

(勝手にすみません……でも、どうしても見たくて……)

廊下の突き当たりが、ドアになっている。

(お風呂場か。うん?)

ドアの隙間から、カラフルな衣装が吊してあるのが見えた。

なんだろうと思って近づいて覗いてみれば、真っ白いフリルに、ピンク色の生地のあしらわれた可愛らしい衣装だった。

一瞬、メイド服だと思った。

だがすぐに、それは深夜アニメで人気になった「魔法少女アイル」のコスプレ衣装だとわかった。

その昔、陽平も大好きで見ていたからだ。

(え、ア、アイルの衣装? しかもけっこうちゃんとした衣装だ。ま、まさか葵先生ってコスプレが趣味とか……)

妄想していたときだ。

いきなり目の前のドアが閉められ、あやうく顔を挟みそうになって、慌てて飛び退いた。

「ひっ！　あっ……」

廊下で尻餅をついた陽平が見あげれば、真っ赤になった葵が立っていた。

「……陽平くん、だめよっ。勝手に見るなんて」

「す、すみませんっ。でもトイレを探してたら、ドアが開いていて……それでここかなって見ちゃったんです」

あわあわと下手くそな言い訳を続けると、葵がため息をついた。

「まあ、いいわ。もう教師と生徒ではないから。私ね、大学時代にコスプレしてたのよ。アイルもそうだし、あとはメイド服とか女子高生の制服とか、まあまあ人気があったのよ」

それはそうだろう。

このアイドルレベルのルックスなら、本気でやればコスプレイヤーのトップを張れる人材だと思う。

葵が続ける。

「そのときに教員免許がとれたから、コスプレは辞めたのよ。私、もともと先生になりたかったし。でも、衣装を捨てるのはもったいないから取っておいたの。で、夫が出張でしょ？　引っ張り出して洗って保存してるってわけ」

「え？　だ、旦那さんには……」

「言ってないわ。だって、あの人はコスプレとか、そういうの嫌いだから。私がこんなエッチな衣装で写真撮られてたなんて知ったら、そうとう怒ると思う」

驚いた。

可愛いけど真面目一辺倒だと思っていた葵先生には、こんな秘密があったのだ。

「ええ……でも見たいけどな……」

ポツリ言うと、葵は真っ赤な顔で首を振る。

「だあめっ。絶対だめっ。こんな格好、子どもにはエッチすぎっ」

ぷうっとふくれる葵が可愛くて、これはもう一度だけでも見たくなった。

「お、お願いですっ、一回だけ」

「だめ！」

「お願いです」

しつこく言うと、葵が「うーっ」と唸って睨んできた。

「じゃあ、さっきのテキストのページ。全問正解したら、着てあげる」

得意げに言われた。

「ええ……？　そんなの無理ですよ。あんな難しいのに」

陽平が顔を曇らす。

それはそうだ。

今日のテキストはかなりの難問なのだ。

「さあ戻って。真菜ちゃんは寝たから。お勉強の続きをしましょ」

と、リビングに戻り、英語の続きをやったときだ。

葵が最後の問題に赤丸をつけると、そのまま倒れ込むように、ローテーブルに突っ伏した。

「……ちょっと……な、なんなのよ、いったい。何？　陽平くん、今まで手を抜いてたの？」

突っ伏しながら、葵が恨みがましい声で言う。

「いいえ、もう先生の魔法少女コスが見たい一心で……」

そう言うと、葵はガバッと起きあがり、クリッとした大きな目を歪ませて、泣きそうな顔で見入ってきた。

「……どんだけ見たいのよっ。ウソでしょう。ぜんぶ正解なんて」

自分でも信じられなかった。

ただ脳が萎むほど頭を使って、今まで習ったことを思い出しただけだ。

やはり勉強にはご褒美が大切なんだ。

陽平はパアッと明るい顔で、興奮気味に言う。

「葵先生、約束ですっ」

強気に言うと、さすがに葵も約束だと悟ったのか、ハアッと息をつく。

「わ、わかったわよっ、もう……」

そう言うと、葵はいったんリビングから出ていった。

3

（き、着てくれるのかなっ）

そわそわがとまらなかった。

黒色のショートボブと大きくクリッとした黒目がちの瞳、アイドルばりのキュートなルックスであのコスプレ。

これは絶対に可愛いはずだ。

しばらくすると、元担任教師の人妻が戻ってきた。

「……これでいい？」

恥ずかしそうにうつむきながらだが、そのコスプレ姿の破壊力は抜群だった。

（おおお……！）

フリルのついた可愛いミニスカート。

パンティが見えそうなほどのミニスカから伸びたムッチリした太もも。

胸の谷間が空いている過激なゴスロリのような衣装。

しかもだ。

ミニスカの下にスパッツとか穿いてくるだろうと思いきや、特に下着以外を身につけているようには見えなかった。

魔法少女という衣装なのに、二十八歳で子持ちの人妻のコスプレということで、可愛いのに色気がムンムンと漂っているように思えた。

「そんなにジロジロ見ないでよ。もう私、三十近いのに……このヒラヒラのアイルのコスプレってかなり恥ずかしいんだから」

「そんなこと言われても……み、み、見ますよ、だって……」

よく見ると、葵はマスカラで睫毛を盛っていた。

だからいつもよりさらに、大きな目がパッチリしていて、ぷっくりとした厚めの唇には、きらきらとピンクグロスが濡れ光っている。

「メ、メイクまで似せてっ」

「だって、恥ずかしいんだもの。中途半端にするなら、もう突き抜けちゃったほうがいいかなって……はい、続きをするわよっ」

「えっ、その格好で？」

驚いて、魔法少女を見る。

「だってぇ。陽平くんってエッチなこと考えると、実力以上のものが出るんでしょ。だったらこういう格好のほうが勉強はかどっていいんでしょ？」

顔が真っ赤で、ちょっと怒っていた。

開き直り、というか皮肉たっぷりの言い方だった。

（い、いや、でも……）

集中しようと思っても、可愛い人妻コスプレイヤーを目の前にして、勉強に身が入るわけがない。

（くうう、あの憧れの葵先生が、アイルの格好をして目の前にいるなんて……小学校

のときの友達に言ったら、みんなびっくりするだろうな）

いや、びっくりするだけではすまないだろう。

写真とかないのかと詰め寄られる……。

（あっ、そうだ）

「せ、先生……あの……せっかくだから、写真撮っていいですか？」

参考書を真面目そうな顔で見ていた魔法少女は、

「は？」

と、怪訝な顔をする。

「私のこの格好で？」

「その格好だからです。記念に、ちょっとだけ……」

怒られると思った。

しかし、葵はちょっと逡巡してから、

「ち、ちょっとならいいけど……」

と、顔を赤らめつつも承諾してくれて驚いた。

（やっぱ、撮られるの好きなんだ）

スマホを取り出し、コスプレをする元担任教師にレンズを向ける。

（おおっ、葵先生っ、可愛い）

ミニスカートに、おっぱいの谷間が見えるコスチューム。

そして小顔にクリッとしたパッチリお目々。

天使だ。

天使すぎる。

夢中で撮っていると、

「ねえ、どういうポーズしてほしいとかないの？」

葵が自分から言ってきた。

「えっ、どういうポーズって」

「こういうのとか」

そう言って、くるりと後ろを向く。

そして上半身だけをひねるセクシーなポーズで、レンズをじっと見てくる。

腰のくびれが強調され、さらにお尻がキュッと上を向いて、薄ピンクのパンティがちらりと覗けた。

「おおっ、お、お尻がっ、お尻がぁああ！」

陽平は興奮して、何枚も撮影する。

さらに葵はエスカレートして、お尻を上にあげるAVみたいなポーズや、おっぱいをギュッと寄せて上目遣いしてくるグラビアポーズもしてくれた。

もう頭がパニックだ。

「葵先生っ、すごいっ……エ、エッチですっ」

「ああんっ、エッチとか、そういうの言わなくていいから」

と恥ずかしそうにするも、目の下がねっとり赤らみ、首筋も紅潮している。

(くうう、エロすぎっ……やばっ。勃ってきた)

性的な興奮が高まってきたのを隠すように、陽平はシャッターを切りまくる。

もっともっとエロいポーズにさせたい。

いやらしい角度で撮りたいっ。

陽平は思わずローアングルで狙ってしまう。

「あんっ……やだぁ」

葵はいやいやするものの、スカートを押さえなかった。

完全にスカートの奥のパンティが見えていた。

パンモロだっ。

人妻魔法少女のスカートの中に、さらにズームしていくと、

（ああ、け、毛がっ……パンティから、毛がハミ出てるっ）

パンティの脇から、ちらっと恥毛が見えていた。

コスプレイヤーのエッチなハミ毛に、もうズボンの股間が痛くてしかたない。

「あんっ、陽平くんっ、いつまで私のパンティを撮ってるのよ」

さすがに怒られた。

「ご、ごめんなさいっ」

パッとスマホを下げる。

そのときだ。

葵がコスプレのまま、陽平に覆い被さってきた。

「わっ、えっ、へ？」

意外に肉づきのよい柔らかな身体が押しつけられていた。

葵がねっとりした目で見つめてくる。

「やだもうっ。ずっと私のスカートの中ばっかり撮影して、オチ×チンをこんなに大きくさせてっ……ねえっ、ねえっ……陽平くんっ、私、おっぱいが痛いのっ」

「は、はい？」

カーペットの上に押し倒されたまま、いきなり言われて陽平はぽかんとした。

すると葵は馬乗りになったまま、恥ずかしそうに自分でコスプレ衣装をつかみ、するりと肩を抜いてしまう。

（おおおおっ！）

上半身の衣装を剝くと、ぶるんっと揺れた巨大なふくらみが目の前に現れた。

陽平は目を見開いた。

重力に逆らうように前方に突き出た、砲弾形の力強く張りのある乳房。

乳頭部がツンと上向いた美乳は、乳首も薄ピンクを保っていて、まるで子どもを産んだ人妻とは思えぬほど清らかだ。

そして……。

驚いたのはその乳房の頂(いただき)だ。

乳首から白いミルクがタラーッとこぼれて、コスプレ衣装を濡らしてしまっていたのである。

「ああんっ、ほらあ。おっぱい出てきちゃった。だめえっ……私……」

うるうるした瞳で、葵は陽平を見ていた。

「せ、先生……母乳がっ……」

「あんっ、そうなのよ……私、陽平くんだけには言っちゃうけど、実は……感じてきちゃうと、私、おっぱいが出てくるの」

泣きそうな顔で、葵は秘密を告げてきた。

「か、感じてって……」

陽平がギラギラした目で凝視すると、可愛い魔法少女は何度も首を横に振る。

「ああんっ、私ね……エッチな目で見られたり、写真撮られたりすると、すごく興奮しちゃうの。それで、子どもを産んでからは、その興奮がおっぱいに伝わるのか、母乳が出てきちゃって」

言われて陽平は目を剝いた。

葵は見られて興奮する性癖らしい。

(き、聞いたことある……マゾってヤツだ)

まさか葵先生が、そんなエッチな性癖があると思わなくて、陽平はまたズボンの中で陰茎を硬くしてしまう。

「ねえ、陽平くんっ……いやじゃなければ、先生のおっぱい吸ってっ。つらいの。いっぱい吸ってほしいのよ」

魔法少女のコスプレをした可愛い人妻が、せつなそうに見つめてくる。

たまらなかった。

上に乗ったミニスカ衣装の葵が、大きなふくらみを陽平の口元に差し出してくる。

ミルクが垂れて、頰にポタッと当たる。

生温かな母乳だ。

(まさか、葵先生の母乳が飲めるなんて……)

「ああ、葵先生……」

陽平は葵の右乳首を咥え込んだ。

すぐに生温かな母乳シャワーが、口内にあふれていく。

(おばさんの母乳より、葵先生のほうが味が濃い……)

喉につく粘り気が、葵のほうが強い気がする。

それに甘みもあって濃厚だ。

(牛乳にも濃いのとかあるもんな。って、なんか母乳の専門家みたいになってきた)

でも共通するのは、ふたりとも母乳は美味しいということだ。

陽平はうっとりしながら喉を鳴らし、あったかいミルクをチュウチュウと吸いあげながら、ごくごくと飲み干す。

あまりに甘くてふうっと息をつくと、濃い乳香が鼻から抜けていく。

「ああんっ……陽平くんっ、おっぱい飲むのすごい上手よ。ううんっ」

葵は隣に寝そべり、背中と後頭部に手をまわしてきた。

抱っこされている気分だ。

「ウフッ、ママに抱っこされて、おっぱい飲んでるみたいね」

優しい言葉がかけられると、ちゅぱちゅぱ吸っているのが心地よくなってくる。

夢中になって手を伸ばし、空いているほうの乳房を揉みあげると、乳頭部からピュッと母乳が出て、陽平のシャツと葵のコスプレ衣装を濡らしてしまう。

「あっ、たいへん」

葵が慌てて陽平のシャツを脱がしにかかる。

「大丈夫ですから」

「だめよ。母乳って、乾くと黄色いシミになっちゃうのよ」

「えっ、だったら、そのアイルの衣装もシミに……」

陽平が言うと、葵は目を細めてくる。

「いいのよ。陽平くんのために着たんだから……それに、着たままのほうがうれしいんでしょう？」

「は、はい」

素直に言うと、葵はクスッと笑い、シャツを脱がせてベルトにも手をかけてくる。

「あっ、そ、そっちは……」

「なあに。ズボンも汚しちゃうでしょう?」

陽平が慌てるも、すぐにズボンとパンツをまとめて下ろされる。

硬くなった肉棒が、ぶるんと勢いよく飛び出した。

もあっとした青臭い熱気が鼻につく。

勃起した男性器を憧れだった先生に見られる恥ずかしさに、身体が熱くなる。

「あんっ、すごいっ。陽平くんって、大人みたいなオチ×チンしてるのね」

じっと見られて、さらに羞恥が増す。

照れて何も言えずにいると、葵が上目遣いに見つめてきた。

「小学校のときと比べて、背も高くなって胸板も厚くて、陽平くん、男の子っぽくなったのね」

その目が眩しそうにしている。

葵が続けた。

「あの頃は、私が顔を向けるとすぐ赤くなって照れて……でも、ウフッ。知ってるわよ。先生のおっぱいとかチラチラ見てたの」

「うっ。そ、それは……」

知っていたのか。

まあそうだろう。小学生なんて、目の前で大きなおっぱいが揺れてたら、チラチラどころかガン見してしまうに決まっている。

「す、すみません。でも僕、先生のこと憧れていて、さ、触ってみたいなとか」

正直に言うと、葵は怒るどころかうれしそうな顔をする。

「ウフフ。じゃあこうして、私のおっぱいをチュウチュウできるのは、夢がかなったのかな？」

「そ、それはもちろん、信じられなくて……んうっ」

いきなりだ。抱きつかれて唇を重ねられる。

「ンンッ……ちゅっ……」

（えっ、えええ！　葵先生とキスしてるっ。憧れの人から、チューされるなんて）

夢心地でうっとりしていると、舌も入れられた。

（う、うわっ）

戸惑いつつも、コスプレ衣装の人妻を抱きしめつつ、陽平も舌をからめていく。

おっぱいが押しつけられ、ぬるぬるした母乳が、陽平の身体にも塗りつけられていく。

「んふっ、んううっ……」

葵がうれしそうに、身体を押しつけつつ、唾液をねちゃねちゃとからませてディープキスに興じている。

本当に夢のようだった。

「んふっ……陽平くんとチューしちゃった」

キスをほどいた葵が、茶目っ気たっぷりにウインクしてくる。

「あ、え……」

「これもうれしい？」

「そ、そ、それはもちろん」

ドキドキがとまらずにいると、彼女は、

「ウフフ……」

と含み笑いを見せ、手を伸ばして股間の昂ぶりにそっと触れてくる。

「んくっ！」

葵のほっそりした指で直に勃起を撫でられた。

腰が震え、肉竿がビクビクと脈動した。

見ればもう、切っ先からはガマン汁が垂れている。

「さ、触ったら葵先生の手が汚れちゃいます」

「いいのよ。陽平くんのだったら」

「えっ……」

(僕のだったら、汚くないの？)

顔をほころばせると、葵に勃起を緩く握られて上下にこすられた。

「んぐぐ」

甘い陶酔(とうすい)が一気に駆けのぼってきて、陽平は身悶える。

さらに、葵はずりずりと身体を下げていき、太ももをつかむと、

「ンフっ……」

ショートボブをかきあげてから、おもむろに股間に顔を寄せ、舌で肉竿をねろりと舐めてきた。

「う、うぐ……あ、ああ……！」

全身が硬直し、爪先が伸びきった。

勃起が自然にビクッと震える。

葵は根元を握りながら、目を細めてクスッと笑う。

「可愛い……」

うっとりとつぶやくと、そのままゆっくりと亀頭に唇を被せてきた。

「くううう！」

陽平はあまりの気持ちよさに大きく背をのけぞらせた。

ピンクのリップグロスを塗った唇が、勃起の表皮を滑（すべ）っていく。

（ああ、あ、葵先生が、僕のチ×チンを咥えて……）

信じられない光景だった。

あの小学生のときに憧れだった美人教師に、しかも魔法少女のミニスカコスプレをした人妻でもある彼女に、フェラチオをしてもらっているのだ。

「んっ、んんっ、んぐっ、んじゅぷ……」

葵はくぐもった声を漏らしつつ頭を打ち振って、唇をさかんに滑らせながら、ときおり、陽平の様子をうかがうように見あげてくる。

「くうう、き、気持ちいいっ」

カーペットの上で仰向けになったまま陽平は何度も腰を浮かして、歓喜の声を漏らす。

生温かな口に包まれ、口唇の動きで竿をシゴかれる心地よさがたまらない。

紗菜にもパイズリフェラをされたことがあるが、そのときの舐め方とはまったく違って、葵のほうが激しかった。

「ウフフ……陽平くん、可愛いわ。うっとりして……」

ちゅぷっ、とチ×ポから口を離した葵が、今度は舌を伸ばして敏感な尿道口をチロチロと舐めてくる。

「あ、ああ……ッ!」

腰がひくつき、いてもたってもいられなくなってくる。

ねろっ、ねろっ、ぺろっ……ねろうっ……。

「う、気持ち……おああ!」

気持ちよすぎる、と言おうとしたのに、また根元まで咥えられた。

イチモツが温かな口内粘膜と、呼気(こき)にくすぐられて、とろけるような快感が押し寄せてくる。

(と、とけるっ、チ×ポがとけるぅ!)

葵は陽平の太ももに手を置いて、グッと奥まで口に含んでいく。そうして、スローピッチでゆったりと顔を上下に動かしはじめる。

「んふ……んんっ……ンンッ……」

人妻は苦しげな鼻息を漏らしながら、ズズッ、ジュル、ジュルルルル……と、唾で表皮を滑らせつつ、唇で優しく締めつけてきた。

「くぅ、うう……あ、葵先生っ」

もう半泣きで、何度も首を振る。

葵はイチモツからいったん口を離した。

「出そうなの？」

「は、はい」

だが、葵のクリッとした大きな双眸(そうぼう)は、意地悪そうな光を宿していた。

4

「ウフフ。まだ、だーめっ」

葵は甘えるように言うと、身体をズリあげてきて、また抱きつかれて貪るようなキスをされる。

「んっぅ……ちゅっ……ううんっ……あんっ……んんうっ」

葵からのディープキスに、陽平は夢心地だ。

「んっ……あぁふぅ……んんぅっ」

抱きつかれて、葵のおっぱいからだらだとこぼれた母乳まみれにされながら、濃厚なキスにふける。

（葵先生の……ほ、本気のベロチューだっ……ああ、こんな激しい口づけ……）

舌を吸われ、ねろねろと口の中をたっぷりまさぐられる。

ショートヘアの似合う可愛い若妻からの濃厚ベロチューに、頭の中がピンク色に染まっていく。

いやがおうにも欲情が高まり、勃起がズボンの中でビクビクする。

（ああ、身体が母乳まみれでぬるぬるして。気持ちいいっ）

キスをほどき、陽平は魔法少女のコスプレをしたままの葵を押し倒し、母乳のこぼれるおっぱいを無心で吸った。

甘美な分泌物を嚥下するたび、体内が温かな母乳で満たされていく。

（ああ、美味しいっ。先生のおっぱい、甘くて最高だ）

憧れの先生の母乳を飲んで、よりつながりが深まる気がした。

「ああんっ、んっ、んっっ……んむぅぅ……あはんっ、ねえ、陽平くん。おっぱいばっかりで下はいいの？」

「えっ、あ……」

言われて、葵がもどかしそうに腰を揺らしているのがわかった。

（い、いいんだ……）

いよいよ葵も昂ってきたのだろう。

先ほどまで元教え子と恩師ということで、どこか後ろめたさもあったようだが、今は完全に身体を許してくれているようだ。

緊張しながら、葵の下半身に手を伸ばし、魔法少女コスのフリルつきミニスカートをたくしあげた。

スパッツとか何も穿いていない、薄ピンクの生パンティが丸出しになる。

（おおっ、すごい……）

陽平は大きく脚を開かせ、パンティのクロッチを横にズラす。

「んんっ……」

恥ずかしい部分をさらけ出されただけで、葵は恥ずかしそうに声を漏らして、顔を横にそむける。

「ああっ、ぬ、濡れて……」

亀裂の内部に、鮮やかなサーモンピンクの襞が息づいている。

恐るおそる指でくぱぁっと広げると、内部はぐっしょりと濡れきっていた。

高明のママよりも、ま×この色が鮮やかだ。

色素の沈着がほとんどない。

魔法少女にふさわしい清らかなおま×こだった。

(おおおっ……！　先生のっ、葵先生のおま×こだあっ)

あのときは子どもだったから、おま×この色形もよく知らなかった。

だが三年経った今は、女性器の知識くらいはあるし、しかも紗菜のおま×こと比べることができる。キレイなおま×こだ。間違いない。

「ああん、そんなじっくり見ないでっ」

葵は恥ずかしそうに手で隠そうとする。

それを押さえつけ、M字開脚しているコスプレイヤーの股間に顔を突っ込んだ。

「んんんっ！　はううんっ、い、いきなり、顔なんかつけてっ……ああんっ」

葵はのけぞり、フリルつきミニスカの腰をうごめかす。

亀裂が鼻先に当たってきた。

くちゅ、という蜜の音が立ち、シナモンのような匂いがツンとくる。

(先生のおま×この匂い、なんか酸っぱいっ)

清楚で可愛い先生からは想像もつかない獣じみた匂いだ。

だが、たまらないフェロモンだ。

陽平は狭間に舌を走らせる。

「ああんッ……舐めるなんてっ……いやっ」

葵が悲鳴をあげて腰をうねらせる。

しょっぱくて、酸っぱい味。

なのに甘く感じる不思議な味だ。女性の垂れ流す愛液が、蜜というのは本当なんだなと思いつつ夢中で舌を走らせる。

「あっ……！　あんっ……ううんっ……やだあ……何その舌の動きっ……あっ、あっ……あっ」

魔法少女のコスをはだけた人妻は、M字開脚した脚を震わせて、とめどなく喘いでいる。

剝き出しになったおっぱいが揺れて、白いミルクがこぼれていた。

いやといいつつも、うっとりした目が宙を見ている。

もっとしてほしいんだとワレ目をさらに舐めた。

ねろっ……ねろっ……。

じゅるるるるっ。

「あううぅんっ……んんうう……んふうんんっ……いやんっ、吸わないでっ」

顔を真っ赤にした葵が、上体を起こして非難してくる。

だが感じているとわかれば、やめられない。

チ×ポをビクビクさせながら夢中になって舌を使い、小さな穴にもねじ込んだ。

「あんっ、ちょっと、そこに舌を入れるのはっ！　あううんっ……やだあっ、陽平くんの舌が私の身体の奥にっ……あううんっ」

膣穴を舌先で穿つと、もうガマンできなくなったのか、葵は白い喉をさらけだすほど大きくのけぞり、腰を小さく痙攣させはじめた。

「ハアッ、ハアッ……あ、葵先生っ、感じるんですね」

うれしくなってきて訴えると、葵は眉を寄せ、瞼を半分閉じたつらそうな顔で、何度もこくこくと頷いた。

やはりいいんだと、陽平は舌を伸ばし、さらに感じる部分を責めようと探る。

すると舌先にぷっくりとしたものが触れた。

（あっ、これ……葵先生のクリトリスだ……）

包皮を被ったクリトリスを舌先で捏ねつつ、さらには口に含んで、優しくチューと吸いあげる。

「あ、あふぅ！　い、いやあんっ……ああんっ、らめっ、らめぇぇぇぇ」

感じすぎて、呂律もまわらないようだった。

顔を覗くと、もう表情はうつろで、ハアッ、ハアッとひっきりなしに甘い吐息を口端から漏らしている。

よし、とさらに責める。

舌で包皮を剝くと、つるんとしたクリトリスの本体が現れた。

真珠みたいな豆を舌でなぞっていくと、

「ぁああっ……！　だ、ダメッ……やだぁっ、陽平くん、お願いっ、それだめっ……感じすぎちゃうっ……らめっ、らめっ……！」

葵の身体がきりきりと強張っていた。

それを見ながら、さらに舌でクリを刺激すると、

「ひいっん、らめっ……やだっ、イクッ……イキたくないのにっ、いやあああんっ」

魔法少女の腰がガクガクと揺れ、やがてぐったりした。

下腹部がヒクヒクして波打っている。

膣口からは愛液がしたたり、まるで潮吹きしたようにぐっしょりだ。

おっぱいからもミルクがこぼれていて、下のカーペットを濡らしてしまっている。

「せ、先生っ……これって、エクスタシーってやつじゃあ……」

口を蜜まみれにした陽平が訊く。

汗まみれでぐったりしていた葵は、ようやく上体を起こした。

「ああんっ……まだ陽平くんのこと、子どもだと思ってたのにっ……恥ずかしいわ。教え子の、しかもまだ中学生の子にアクメさせられるなんて……」

目の下をねっとり染めて、ウフッと微笑んでくる。

可愛い。

そして色っぽくてセクシーだ。

こちらも限界だった。

「ああ、せ、先生……僕っ、先生とひとつになりたい……」

衝動的に押し倒そうとするも、魔法少女は敵をいなすように両手で押し返す。

「それはだめっ」

「ああ、でも、もう、ガマンできないんですっ、これだけで終わっちゃったら、もう二度と勉強が手につかないと思う」

脅迫(きょうはく)めいて言うと、葵は「ええっ」という顔をする。

しばらく考え込んでから、顔をあげた。

「あんっ、もう……ま、まあ確かに、ここまでさせたのは私のせいよね。おっぱい飲ませちゃったし。ああんっ、陽平くんって、こんなにエッチだったのね」

やれやれという顔で、葵はため息をつく。

そして顔を赤らめて、いよいよそれを口にした。

「……先生の身体を使って、大人になりたいのね……いいわ」

ドキッとした。憧れの先生が、抱かれてもいいなんて……。

「あ、葵先生」

興奮気味に抱きしめると、葵はクスッと笑った。

「でも私たち、母乳とか汗でベタベタよ。お風呂に行きましょう。洗ってあげるから」

「えっ？　い、いっしょに……お、お風呂っ？」

陽平は心臓がとまりそうになるほど興奮した。

5

（ああ、私……教え子に、しかも中学生の子に、なんてことを……）

脱衣場で、母乳まみれになった魔法少女アイルの衣装を脱ぎながら、許されない行為を後悔していた。

だが、三年ぶりに陽平と出会った瞬間だ。

二十八歳の人妻は、胸をときめかせたのも間違いなかった。

（小学生の陽平くん、目がきらきらしてて可愛かった。可愛いままに、大人っぽくなっているんだもん……）

しかもだ。

「葵先生に憧れていた」

なんて言って、昔以上にエッチな目で、胸元やスカートの奥をちらちらと見てくるのだから、ずっとドキドキしっぱなしだった。

引き金は魔法少女のコスプレだった。

あれを着て、写真を撮られたときからもうだめだった。

真菜を産んでから二年、夫には触れてもらえなくなった女盛りの身体が、カメラのレンズを通じて疼きに疼いてしまったのだ。

（エッチな気分になっているのに、久しぶりに男の人に押し倒されちゃった。可愛い男の子が、ギラギラした牡の目をして私を本気で犯そうと……そんなことされたら、

たえられない）

じわあっと、ぬめりがパンティの奥から湧くのを感じる。

下着を下ろすと、クロッチと陰部にタラーッと蜜の糸が伝わった。

パンティのクロッチ部分がクリーム色に濁（にご）った淫水を吸って、じっとりと濡れていた。

発情したツンとした匂いが脱衣場にこもり、葵はカアッと身体を熱くする。

（こんなに濡らして……陽平くんに、おっぱいを吸われて、恥ずかしい部分にもいっぱいいやらしいことされて……）

息があがる。

これからいっしょにお風呂に入り、自分のすべてを見られるという気恥ずかしさ。

そして……夫以外の男の人、しかも教え子の中学生に、挿入されてしまう後ろめたさと期待。

（あんっ、また……こんなに身体がジクジクして……おっぱいも張ってるし、子宮も熱くなっちゃってる）

髪を濡れないようにアップにし、大きなタオルで身体を隠しながら、震える手で浴室のガラス戸を開ける。

柔らかな湯気が、身体を押し包んでくる。

檜（ひのき）をふんだんに使った浴室は和でありながら、奥にガラスの衝立（ついたて）のあるシャワーブースもあり、和洋折衷、モダンなつくりで葵も気に入っていた。

「あ、葵先生っ」

真っ赤な顔をした陽平が立っていて、恥ずかしそうに後ろを向いた。

(陽平くんって、女の子みたいな身体してるんだ)

ウエストが自分と同じくらいに細く、お尻がつるんとして可愛らしかった。

「あら、先にお風呂に入ってなかったの？」

「え、ええ……僕が先に入ってもいいのかなって」

後ろを向きながら陽平が言う。

こういう遠慮をしているところが、まだ子どもらしい。

「あはは。いいのに。背中を洗ってあげるわ。そこに座って」

「えっ、は、はいっ」

陽平は後ろを向きながら、風呂椅子に腰掛ける。

(今、一瞬だけど私の身体を舐めるように見てたわね)

大きなタオルでおっぱいや陰部を隠してはいるものの、なで肩や腰のくびれ、まろやかなヒップ、むっちりした白い太ももなどが、ちらりちらりとハミ出て見えてしまっているはずだ。

子どもを産んでから二年、身体は以前と同じように細身に戻った。だが、おっぱいはふくらんだままで、今はGカップだ。それに熟れたヒップはスカートが引っかかってしまうほど大きくなった。

(自分でも、いやらしい身体になったと思う……陽平くんも、私の身体を見て真っ赤になってたものね)

葵は陽平の背後に片膝をつくと、桶で風呂の湯を汲んで、背中にかけてやる。湯を弾くほど、陽平の肌はきめ細やかだった。

(小学生の頃よりずいぶん大きくなって……こうやって教え子たちが大きくなるのはうれしい)

性的なものと、母性的な愛しさが同時にこみあがる。

葵は逡巡してから、思いきってタオルを剝ぎ、生まれたままの姿でボディソープを手に取って、陽平の背中を優しく撫でる。

「えっ！　あっ……葵先生っ、手、手で？」

「うん。だって、このほうが細かく洗えるでしょう。それに、陽平くんもうれしいいんじゃない？」

温かなしゃぼんの泡がヌルリと滑り、指先を肩甲骨の内側や首筋、さらには腋の下や尻までを這いまわらせる。

「ひゃっ！」

陽平の身体が伸びあがった。

「ウフフ、どうしたの？」

訊くと、彼が肩越しにあわあわした顔を見せてきた。

「く、くすぐったくて……葵先生の手が、僕のいろんなところを……」

「だって、洗ってるんだもん。ほら、じっとして」

動くなと言いつつも、葵はわざと愛撫するようないやらしい手つきで、じっくりとソープまみれの手で陽平の身体を撫でまわす。

「ひ、あっ……くっ、くうっ……」

陽平は座ったまま、ぶるぶると震えている。

背中からそっと見れば、ペニスはもう臍（へそ）までつきそうなほどの勢いでそそり勃ち、皮を被ったまま、ピンク色の亀頭を少しだけ覗かせていた。

（大きさは大人みたいなのに、使ってないから、キレイ……）

子宮がキュンと疼いて、身体の奥が熱くなる。

乳首もムクムクと充血し、痛いほどに硬くなっていく。

今はとまっている母乳がまた出てきそうなほど、Ｇカップの豊かなバストは張りつめていた。

（ああん、だめっ……教え子のオチ×チンを見て、いやらしく反応するなんて。あぁんっ、でも……とろけてしまいそう）

葵は中学生の背中をふわりと抱き、後ろから肉竿に手を差し伸べていた。

「ええっ！　葵先生っ、あううっ」

陽平がビクビクッと震えた。

シャボンまみれの手で少年のペニスを握り込むと、手の中で身体と同じようにビクビクと脈動した。

「ああんっ、すごく熱い……陽平くん、先生の身体で、こんなふうに大きくしてくれるのね」

「それはっ、葵先生みたいな美人なら当然ですっ。ああ、直におっぱいが当たって、乳首もこりこりして……それにお風呂でチ×チン触ってもらってるなんて夢みたい」

陽平がハアハアと熱い呻きをこぼしている。

可愛らしかった。

しかし、手で握り込んでいるものは可愛いというよりも、息を呑む迫力があった。

(使い込んではいないけど、太くて硬いわ……)

優しくこすりながら、少しずつ包皮を剥いていく。

すると鮮やかなピンク色の切っ先が見えてきて、カリ首まで、剥き出しの器官が露わになる。

「あああ、こんなところまで、む、剝かないでください」

「私の中に入る部分だもの。キレイキレイしましょうね」

(やだ……私ったら、中に入る部分だなんて……)

挿入を期待している言葉をうっかり口にしてしまい、それを隠すようにボディソープをたっぷりと手に取り、太い血管の浮き出る肉竿をこすりあげる。

「ああっ……んんっ」

陽平は気持ちよさそうに天を仰いだ。

口も目も半開きになって、とろけそうな少年の表情が愛おしかった。

「ウフフ、気持ちいいのね」

ゆっくりとシゴいていくと、ボディソープの泡に加えて、彼の切っ先から濡れるガマン汁も、ねちゃあ、ねちゃあ、といやらしい音を立てて引き伸ばされていく。

「う、ううっ……は、はいっ。き、気持ちいいっ、ですっ」

少年はうわごとを言いつつ、ビクッ、ビクッと何度も肩を震わせる。

「すごく熱いわ。火傷しちゃいそうっ」

シコシコとこすりながら、陽平の耳元で言うと、彼は「あっ、あっ……」と、可愛らしく喘ぎながら、かぶりを振る。

「ああ、だって……葵先生に、好きだった先生にこんなエッチなことをされたら、熱くなっちゃいますっ」

泣きそうな声で言いながら、肩越しに困り顔でちらりと見入ってきた。

「ウフフっ、もう出したいのね……」

少年がこくこくと頷いた。

「あん、可愛いわ」

背中に押しつけている乳房がジクジクと疼く。

乳頭が恥ずかしいほどシコっていくのが、はっきりとわかる。

(だめっ、私も……おかしくなってるっ……陽平くんをもっと気持ちよくさせてあげたいって気持ちに)

「ねえ、こっちを向いて」

「えっ」

戸惑った声が、背中越しに聞こえてくる。

しばらくもじもじしていたが、やがて陽平は両手で勃起を隠しながら、風呂椅子に座ったままくるりとこちらを向いた。

「う、わっ、葵先生の身体……」

はにかみつつ、シャボンまみれになった裸体をじろじろと眺めてくる。

「うふっ、エッチな視線……ねえ、前のほうも洗ってあげるわ。いやじゃなければ」

葵はソープまみれの細身の身体で、陽平に抱きついた。

そして顔を赤らめつつ、彼の首に手をまわし、落ちないようにしながら彼の膝の上に跨(また)がっていく。

「えっ？　ええっ……」

陽平が目を丸くしつつも、葵の身体を抱きしめる。

風呂椅子に座った陽平の上に跨がる、対面座位の体位だった。

(あんっ、この子の身体……すべすべで気持ちいいっ……それに私のアソコに当たるオチ×チンが、入りたそうにビクビクしてる)

「こ、これっ、これって……」

陽平が真っ赤になって狼狽えていた。

「重くない？」

「い、いえ、ぜんぜん」

「ウフッ。こうすれば、お互いの身体が洗えるでしょう？　先生の身体で、陽平くんの身体を洗ってあげる」

陽平の上に跨がりながら、ギュッと抱きつく。

「う、うわわ……」

陽平も震えながら、葵の背中に手をまわして乳房に顔を埋めてくる。

(ああんっ、こんないやらしい体位……自分から動くのを見られるなんて……夫にもしたことないのに、恥ずかしいっ)

しかし、その羞恥が興奮を呼ぶのも間違いなかった。

どうやら陽平も同じらしい。

「温かくて柔らかくて、ヌルヌルしたおっぱい……ああ、葵先生を抱っこして、おっぱいに顔を埋めて……くううう、この体位、気持ちよすぎますっ」

葵を膝の上で抱っこしながら、少年は訴えてくる。

「あん……いやあん……そんなふうに説明しないでっ」

葵は恥じらい声をあげながらも、密着したまま身体を揺すった。

ぬるんっ、ぬるんっ……ぬちゅ、ぬちゅっ……。

「ああ……や、やばっ……」

陽平はもう身体の力を抜いてなすがままだ。

よほど気持ちがいいのだろう。

「ウフッ……おっぱいに顔を埋めてうっとりして……あん、アソコにこすられてるオチ×チンもすごく元気ね」

シャボンにまみれた裸体を使い、ぬるっ、ぬるっ、と陽平の腹から胸元までをじっくりと滑らせて洗ってやる。

(ああん、こういうのって……そういうお店でプレイがあるのよね)

自分の身体で男性の身体を洗う、ソーププレイというものを葵は知っていた。

そんな行為は破廉恥(はれんち)だ。そう思っていた。

だけど、こういう奉仕で、男がとろけるような顔を見せるのがうれしくて、自分から身体をこすりつけてしまう。

(ううん……違うわ。相手が陽平くんだからよ。彼が悦ぶなら、どんなエッチなことでもしてあげたくなっちゃうの……)

再会したときから、キュンとなっていた。

可愛いままに歳を重ねた十五歳は、壊れそうな脆(もろ)さと、どこか影のある憂(うれ)いの表情で年上の女性を魅了するのだ。

(可愛いわ……もっと気持ちよくなって、陽平くんっ)

「ううぅん……ぅんんっ……」

いつしか葵は息を弾ませ、悩ましい吐息を漏らしながら、陽平の上で激しく身体を揺すってシャボンをこすりつけていた。

動き方が、どんどん淫らになっていき、腰を妖しくよじらせて、ついには勃起に自分の下腹部をこすりつけてしまう。

「ああっ、そんな……チ×チンがおま×こにこすれてっ……葵先生っ、入るっ、入っちゃう」

少年はもう泣きそうだ。

だが、そんな陽平を見ていると、ますますいじめたくなってしまう。

「ウフッ、だーめ。入れちゃだめ。ウフフッ、いいのよ出しても。でも、出したら、先生とのエッチはお預けになっちゃうわね」

とろんとした目で見つめると、少年は、

「そ、そんな……」

と、目尻に涙を浮かべてくる。

（あんっ、だめっ……私……もう、この子の虜……）

葵は湯煙の中、火照った裸のまま抱き合って激しく唇を求めた。

陽平の上に跨がったまま、少し首を下に向けつつ、

「ん、んんぅ」

と口づけをし、舌をからめて唾液をすする。

（ああん、キス、気持ちいいっ……陽平くんの唾っ、甘い……）

角度を変えて息苦しいほどに口を吸いつつ、また身体をゆっくりと揺すれば、

「あああっ、信じられない。葵先生が僕にこんなエッチなこと、おっぱいがこすれて、アソコもチ×チンをこすってきて……ああ、先生、僕、入れたい……」

陽平はもう泣き顔だ。

こちらも瞼を落とした、とろんとした目つきになっているのがわかる。

恥ずかしい。

もう欲しくなってきてしまった。

そのときだった。

（えっ……？）

陽平がヌルヌルになった葵の裸体をギュッと抱き、向こうから身体を揺すってこすりつけてきた。

「ああん、何をするのっ……やんっ……あ、あっ……ああん、だめっ……こんな、ヌルヌルして、ああん、いやらしい」

（まさか陽平くんから、身体を動かしてくるなんて……）

「だ、だめっ……」

葵はいやいやと顔を横に振った。

自分から動くのと、動かれるのは、気持ちよさがまた違った。

葵は次第に、

「あんっ……あんっ……」

と息を喘がせて、何も考えられなくなっていく。

「はァン、私も乳首が……こすれて、アソコもジンジンしちゃう……やあんっ、おっぱいが張るっ、母乳が、母乳が……」

ついには押しつけていた乳頭部から、白いミルクが噴き出した。

対面座位のまま、ふたりの身体が白くまみれていく。

「ああんっ、ごめんなさいっ……おっぱいが出ちゃうっ……」

「い、いいんですっ。葵先生っ。ミルクたくさん出してっ……母乳が出るときって、感じてるときでしょう？　それにこっちも……」

肌と肌をこすり合わせながら、陽平は指を下に持っていき、繊毛の奥のワレ目にくぐらせてきた。

「えっ……あ、あんッ！」

ぬるんと、何の抵抗もなく膣口に指が入ってきた。

葵はブルッと震えて、陽平にしがみつく。

「ああんっ、い、いきなり、指を入れるなんてっ……陽平くんっ、経験あるの？」

訊くと、少年は照れた顔を見せる。

「い、いやないですけど……動画とか見てたら、ここの奥を優しくいじるのがいいって……」

言いながら、陽平がくぐらせた指を動かしてきた。

「はああっ！」

膣壁の疼く場所をこりこりとされ、目の前がぼんやりと霞んでいく。

身体の力が抜けて、陽平の上から倒れそうになるのを、彼が支えながら、何度もぐじゅぐしゅと指で膣奥をかき混ぜてくる。

「すごい……もう、先生のおま×んこ、どろどろ……」

「い、言わないでっ、ああんっ……ああんっ……」

奥からじわあっと蜜があふれていく。

身体の奥を指でくすぐられているみたいで、もう理性も何もなかった。

(このままじゃ、私のほうが追いつめられて……ああんっ、教え子にこんなふうにされてっ……もう私、さっきからおかしい、とめられないわ……)

「ううんっ……ああんっ」

ぐちゅ、ぐちゅ、と音を立てるほどかき混ぜられ、葵は顔を少年の肩にくっつけ、

「ああ、ああっ……」

と、せつない声を漏らすのが精一杯だ。もう何もできない。

(だめっ……もうだめっ……私、ガマンできない……)

「ああん……いい？　私でいい？」

葵はハアハアと呼気を荒ぶらせながら、元教え子の少年をうっとり見つめる。

「も、もちろんですっ」

興奮気味に言われ、葵はもうそのことしか考えられなかった。

6

対面座位で少年に抱っこされたまま、指をそそり勃つ亀頭に添えて、ワレ目を合わせていく。

ゆっくりと花びらが左右に開かれ、硬いモノがめり込んでくる。

「ぁああ……あぁあ……くぅぅぅ」

女の湿った匂いと男のホルモン臭に包まれる。

(ああ、陽平くんのが入ってきた……私、夫がいる身なのに、教え子と……しかも中学生の少年とつながるなんて)

禁忌を感じるも、少年の剛直が後ろめたさを壊してきた。

「ああんっ、大きいっ……」

葵は眉を寄せ、潤みきった瞳を陽平に向ける。

ゆっくりと彼のモノが自分の中に埋もれていく。広げられたワレ目から、熱い蜜がたらりとこぼれ出ていく。

「ああ、これが葵先生の中っ……僕っ、先生とセックスしてるっ」

「ああんっ、そうよっ……はああんっ、ああーんっ、いいわ、動いてっ」

言うと、素直に少年は腰を突きあげてきた。

「はああんっ、ああああっ」

葵は対面座位で抱っこされたまま、大きな乳房が揺れ弾むほどに揺さぶられる。

白いミルクが噴き出して、風呂場の床や浴槽に飛び散っていく。

「は、恥ずかしいっ……ああんっ、でも……でも……ああんっ、ああんっ、私のいいところに当たってるぅぅ！」

張り出した肉のエラで、膣襞が甘くこすられる。

さらに上になって腰を落としきっているので、切っ先が子宮まで届いていた。

「ぁああああッ、いやっ、いやんっ、奥まで……奥まで届いて……あううう」

陽平の上で、人妻はむせび泣いた。

「ぁああ、ああん、んんっ」

恥じらうことも捨て去り、葵はついに腰を自分から腰を動かした。

「ああんっ……大きいっ……こんなの好きすぎちゃう……らめえぇぇ」

下から突きあげられるたび、至福の気持ちが宿ってくる。

たわわな乳房は、葵の動きに合わせ、ばゆん、ばゆんと大きく揺れている。

その揺れる乳房を少年はとらえ、ぐいぐいと揉みしだきつつ、乳首にパクついて、あふれるミルクを吸い出してくれる。

「ああんっ、いやッ」

上も下も責められて、葵はよがり泣いた。

なすすべもなく陽平の上で揺れ弾んで、いやらしいおっぱいも、淫らな表情も、全部をさらけ出して激しく身悶える。

「ぁああ、ああっ、恥ずかしい、恥ずかしいのに……見ないでっ……見ちゃいやあ、ああんっ」

葵がバランスを崩しそうになると、陽平が両手を取り、指をからめて恋人つなぎをしてくる。

(ああん、そんなことされたら……)

心の中が満たされて、快楽の波が一気にあがっていく。

(やだっ、私……陽平くんとセックスして、イッてしまう……)

教え子である少年とのセックスだけでも許されぬ行為なのに、アクメするなど、あってはならぬことだった。

だが逞しい少年の肉竿は、久しぶりの人妻の身体には刺激的すぎた。

「あぁああ、オチ×チン、気持ちいいっ……ああん、アアアアッ！」

風呂場に女の声が響き渡り、葵は総身を強張らせる。

「ああ、ぼ、僕……で、出そうっ」

乳房から口を離した陽平が訴えてきた。

膣内で、イチモツがふくらんでいるのがわかる。

「ああんっ、いいわっ……出してっ、好きなときに出していいのよっ」

(私ったら、何をせがんでいるの……いけないことなのに……だけど、この子を満足させてあげたい)

膣内で切っ先が膨張する。

焼けた肉棒が、グッと子宮に押しつけられるのを感じた。

(あっ、くる……)

予兆を感じたときだった。

「あんっ、先生、ごめんなさいっ、出る、出ちゃうっ」

下からどくどくと熱い飛沫(ひまつ)が噴きあがり、人妻の奥を満たしていく。

「あっ、だ、だめっ……私……」

次の瞬間、ビクンッ、ビクンッと腰が痙攣した。

（あんっ、こんなに熱くてたっぷりの精液……これが中学生の射精なのね……）

風呂椅子に陽平は座り、その上で抱っこされたまま……人妻は教え子に抱きしめられて膣内射精を受けながら激しいアクメをさらしてしまう。

どくん、どくん、とペニスが脈動し、しばらく若い生殖液の迸りは続いた。

（大丈夫な日……よね。アアンッ、こんなに濃いのを注がれたら、危ないときだったら孕まされていたかも……）

その背徳すら快美を感じた。

少年はようやく出し終えて、ミルクまみれの胸に顔を埋めてきた。

「気持ちよかった？」

葵が訊くと、汗まみれの少年は顔をほころばせる。

「よ、よすぎました。でも、僕……葵先生の中にすごいたくさん出しちゃって」

「心配しないでいいのよ。そういう日だったら、私も避けるから……」

教え子の頭を撫でつつ、キスをしてから陽平の上から降りる。

ペニスが引き抜かれた瞬間、とろりとした白濁液が膣から垂れ落ちて、浴室に噎せるような栗の花の匂いが漂った。

（ああ……身体の中から、精液が垂れ落ちる感じ、久しぶり……）

何年ぶりかに女の至福を感じた。

「あっ、すごい……エッチな眺め……」

膣内から精液が垂れるのを見て、少年はニヤけていた。

人妻は顔を赤らめて、首を振る。

「いやだわ、早くシャワーを浴びましょう」

陽平の手を取り、ふたりでガラス張りのシャワーブースに入る。

熱い湯を浴びながら、葵はヒップに硬いモノが当たるのを感じて、振り向いた。

（え？）

すでに陽平のペニスは鎌首(かまくび)を持ちあげていた。

「ウソでしょ、もう……？」

「葵先生の大きなお尻が魅力的で……先生っ、葵先生のお尻にも入れたい……」

「は？」

葵は狼狽えた。

だが……陽平のことは愛おしいと思う。

すべてをかなえてあげたかった。

「ああん……いいわ、でも、私、そんなのしたことないけどっ……」

葵はくるりと、背を向けてシャワーブースの壁に手を突いた。

「い、いいんですね」

葵は尻を差し出したまま、小さく頷いた。

(お尻をあんな大きいモノで……私、お尻も陽平くんに捧げるのね)

アナルセックスなど想像もしたことなかった。

腰をつかまれて、一気に緊張が走る。

脂汗がにじみ出た。

「先生、い、入れるね」

宣言された。

その瞬間……まだ精液が残る膣内に、一気に硬いモノが入ってきた。

(あ、お尻って、バックからするってことなのね……)

ホッとしたのも束の間だった。

根元まで、ぬぷりと埋め込まれて、いきなりフルピッチで腰を動かされた。

「あ、あああっ!」

身体ごとガラスに押しつけられて、おっぱいが歪んだ。

（やあんっ、つ、冷たいっ……）

乳頭部が冷たいガラスに押しつけられて、ミルクがあふれ出る。

ガラスにミルクが噴出されて、あっという間に真っ白になる。

「い、いやああんっ、は、恥ずかしいっ、ねぇっ、陽平くんっ、ま、待って」

しかし、もう少年の耳には届かなかった。

まるでスプレーされたように、ガラスに吹きつけられたミルクが、ぽたぽたと雫(しずく)になって落ちていく。

「あ、ああんっ、ねえ、ねえっ、陽平くんっ、お願い……何度もしていいけど、勉強は頑張るのよ。成績落ちたら、だめだからね。溺れちゃだめよ」

「は、はいっ、わかってます」

少年は素直に頷きつつ、奥まで穿ってくる。

（あん、だめっ……溺れちゃうのは、私かも……）

早くもアクメの予兆を感じ、葵はシャワーブースのガラスに押しつけられたまま、身体を震わせるのだった。

第四章　息子と電話中に種付けなんて

1

一年後。
陽平は久しぶりに友達の高明の家に遊びに来ていた。
だが、高明は部活でいないのはわかっている。目的は高明の母、紗菜だ。
紗菜と会うのも、ずいぶんとご無沙汰だった。
昨年、初めてセックスというものを教えてもらい、成績が落ちたときから、
「成績があがるまでは会わない」
と、言われていたのである。

まあその禁欲生活と家庭教師の葵のおかげで、無事に志望校には合格したから、そのご褒美というわけである。

(そうだ。葵先生にもご褒美もらわないとな)

ニタニタしていると、シンクのほうから紗菜の声がした。

「こ、これでいいのかしら？」

陽平はドキドキしながら振り返った。

「……ああっ！」

思わず感嘆の声が漏れる。

ふんわりとした黒髪のボブヘアの似合う、三十七歳の美熟女が、自宅キッチンで素っ裸になり、前だけをチェック柄の可愛いエプロンで隠していたのだ。

(裸エプロンだっ……リアルで見ると、すごすぎるっ)

エプロンの胸元は、生々しく乳房の丸みを浮き立たせており、かろうじて乳輪は隠れているものの乳房の半分近くをハミ出させていた。

巨乳過ぎて、少し動けば乳首が見えてしまいそうだった。

さらには熟女のムッチリした太ももが、かなりギリギリまで、エプロンの裾から覗いている。

足下に、ニットとフレアスカートが脱ぎ捨ててあった。

脱いだブラジャーとパンティも見えた。

友人の母はまさに生まれたままの姿を、エプロン一枚で隠して陽平の前に立っているのである。

(自分ちのキッチンで裸にされるのって、おばさん、恥ずかしいだろうなあ)

ほくそ笑んでいると、紗菜が目を細める。

「ああん、男の子ってこんなのが楽しいのかしら。こんなエッチな格好を、私みたいなおばさんにさせるなんて……あんまり見ないでね」

タレ目がちな双眸が潤み、目の下が恥ずかしそうに赤く染まっている。

新婚の若妻がするようなら微笑ましいが、高校生と二歳の息子を持つ三十七歳の人妻とすれば、裸エプロンはかなりの恥辱だろう。

優しそうないいお母さん風だから、このエッチな格好がよけいにエロく見えるのだ。

「もうっ、座ってて。林檎を切ってあげるから」

ちょっと怒り気味に友人の母が言い、くるりと後ろを向いた。

「おおおっ!」

素っ裸のお尻が丸見えだった。

（エプロンの下、やっぱり全裸なんだ……久しぶりに見たけど、すごいお尻）

くびれた腰から逆ハート型に広がる、むっちりしたヒップ。

つるんとした剝き卵のように白く、思わず頰ずりしたくなるほどの、すさまじい量感と悩ましい丸みがたまらない。

（ああ、動くたびに、ぷりん、ぷりんっとお尻が揺れてるよ。誘ってるみたいだ。もうたまらないよ）

じっと視姦していると、肩越しに紗菜が困った顔を見せてくる。

「あんっ……ねえ、視線を感じるわ……すごくいやらしい目が、おばさんのお尻のあたりを這いずってるのよ。ああん、陽くんがこんなにエッチだったなんて……」

「だって、一年近くもガマンしてたんだもん。こんな無防備で大きなお尻を見せられたら……襲いたくなっちゃいます」

近くまでいくと、紗菜はさらに耳までを赤く染めあげた。

「してほしいって言ったの、陽くんでしょう？」

紗菜は林檎の皮むきをしながら言うも、手が震えている。

ひょいと肩越しに見ると、乳肉が大きくエプロンからハミ出していた。

（おおう……よ、横乳……！）

横から、丸々とした乳房の形がはっきり見えた。

（こんな、無防備なおっぱいとお尻をみせつけられたら、もうだめだ……）

陽平は紗菜に背後にぴったりくっつき、ズボン越しに硬くなった股間を無防備なお尻に押しつけた。

「……！」

紗菜はハッと顔をあげるも、そんなイタズラはなんでもないというふうに、赤く染まった顔のままで、林檎の皮むきを続ける。

ズボン越しの屹立でヒップを撫でまわしてみれば、やはり押し返してくるような弾力が素晴らしく、ずっとこうしてくっつけていたいほどである。

「陽くんっ、離れて。包丁使ってるのよ。危ないからだめっ」

紗菜は包丁を置いて、ヒップを揺すり立てる。

その動きがますます股間をいきらせる。

陽平は思いきって右手を下ろし、紗菜のヒップを撫でまわした。

「ああんっ、陽くんっ、何するのっ」

肩越しに、真っ赤な顔で睨んでくる
友人の母親は、三十七歳でも可愛すぎた。

その愛らしさに興奮しきった陽平は、紗菜をシンクに押しつけたまま、いよいよ背後から尻丘にぐいぐいと指を食い込ませる。

柔らかいのに弾力がある、極上の揉み心地に心が躍る。

なめらかな尻肌もうっとりするほどだ。

「い、いやっ……待って。陽くん。お願い。キッチンでイタズラしないで。続きは後で……ベッドでしてあげるからっ」

そんな紗菜の抗いを尻目に、陽平は尻割れの奥に指をくぐらせ、繊毛をかき分け、恥肉をまさぐっていく。

「はあ……んっ」

紗菜が一気に色めき立った声を漏らして、腰をくねらせる。

「おばさん、もうこんなに濡れて」

「あんっ……だって……陽平くんが悪いのよ、こんな恥ずかしい格好にさせて、指でエッチなことするからよ」

紗菜は肩越しに、恨みがましい目を向けてきた。

腰を引いて逃げようとする紗菜を後ろから左手で抱きしめつつ、さらに大胆に亀裂に指を這わせていく。

熱いぬめりがしとどに漏れて、濃厚な発情した匂いがふわりと漂った。

やはりキッチンという日常的な場所で裸エプロンにされるのは、背徳感があるのだろう。それが興奮を呼んでいるのだ。間違いない。

ヌレヌレの膣を指でなぞっていると、小さな膣孔があった。

軽く力を入れただけで、ヌプーと粘膜を押し広げて紗菜の中に指が入っていく。

「あぅぅぅぅ！」

紗菜が大きくのけぞった。

イヤイヤしながらも、陽平が指で奥をかき混ぜれば細腰をくねらせて、まるでもっとというようにお尻を振ってしまう。

「ああん……だめっ……だめっ……んんっ……」

さらに指を鉤状（かぎじょう）に曲げ、ざらつく天井をこすると、

「あっ……あっ……」

と、紗菜はうわずった声を漏らして、顎をせりあげた。

こんな可愛い反応を見せられたら、限界だった。

「もうガマンできない、おばさんっ」

陽平は指を抜き、ズボンとパンツを下ろして、勃起しきった男根を取り出した。

「おばさん、今日は、危ない日ですか？」

「え？　……ち、違うけどっ。ああん……だめっ……だめよ……うッ」

陽平は背後から紗菜の細腰をがっしりつかみ、屹立に右手を添えながら、尻割れの奥にグイと切っ先を押しつける。

無遠慮なモノが、膣穴の入り口を捕らえた。

紗菜は逃れようとするものの、陽平は腰をつかんで動けなくして、立ちバックのまま乱暴にペニスを突き立てた。

「あンっ！」

野太いモノがズブズブと入り、紗菜は大きくのけぞりながら喘ぎ声を放つ。

キッチンシンクに押しつけられた紗菜は、裸エプロンという格好のまま、シンクの縁をつかんで大きく背をのけぞらせた。

（くうう、無理やりだったのは悪かったけど、でもすごく濡れてるっ）

ぬめぬめした肉襞の感触が気持ちよすぎてたまらない。

「はううっ、こんな場所でなんて……陽くん、高校生になってすごく強引っ……ああんっ、リビングで拓が寝てるのに、起きちゃったらどうするの」

「じゃあ、静かにヤリますね」

「静かにって……私、声を出さないなんてできないっ……ああっ！　ああんっ、そんな奥まで、いやああんっ」

紗菜はお尻を突き出したまま震えて、肩越しに顔を向けてくる。

泣き濡れて怒った目だ。

だが、ぐいと乱暴に根元まで入れると、

「ああぁっ……」

と、今度は眉根を寄せた色っぽい表情を見せてきて、陽平は膣奥に入れたまま、ペニスを大きくふくらませる。

「ああんっ、お願い……キッチンはいやっ……ねえ、抜いてっ」

紗菜はお尻を左右に振り、肉竿を抜こうとする。

だが陽平は腰をがっちり持って、後ろから乱暴に突きあげた。

最奥にある子宮をズンッと貫くと、

「ああぁっ……ああんっ……あぁッ……」

シンクに押し込まれていた紗菜は、いよいようっとりと目を閉じていく。

（いやだって言っても、もうとろけてる）

いやがる素振りを見せても、身体は正直だった。

肉襞が亀頭にからみついてくる。息もつまるほどの気持ちよさだ。

「くうう、気持ちいい、おばさんのおま×こがチ×チンをギュッとしてきてるっ」

陽平は背後から手をまわし、エプロンの両脇から両手を差し込んで、紗菜のノーブラの胸のふくらみを揉みしだいた。

「ああんっ、そんなに強く揉んできてっ……だめっ……あンッ……」

片手では持てないほどの重たいバストを揉みしだく。

紗菜は悩ましい声を漏らし、巨尻をさらに左右に揺らす。

乳首に、じわあっと熱いものがシミ出していくのを感じた。

久しぶりのミルクだ。

「ああん、おっぱい出てきちゃう……んふんっ」

おっぱいを揉まれて興奮したのか、紗菜が身体を折り曲げて、さらにヒップを突き出すような格好になる。

それに合わせて肉竿を押し込めば、深く串刺しになり結合部から蜜があふれ出す。

「き、気持ちいいっ……おばさん、気持ちいいですっ」

エプロンの隙間に入れた指で乳首をキュッとつまみあげると、いよいよ母乳がシャワーのようにあふれてきた。

「ああんっ、そんなおっぱいをいじらないで……もうすぐ卒乳なのよっ、ああん、そんな上も下も責められたら。おばさん、ああんっ、おかしくなっちゃうっ」

逃げようとするところをバックから入れながら、陽平は被さっていって、無理やりに唇を重ねる。

「ンンッ……ちゅっ……」

（ああ、キスしちゃった……）

夢心地でうっとりしていると、生温かなとろみのある唾液が、紗菜の口から流れ込んできた。

（え？　ああ、おばさんが、唾を垂らしてきた）

陽平も舌をからめて唾を送り込んでいく。

「んっぅ……ちゅっ……ううんっ……あんっ……そんなエッチなキス……あんっ……んんうっ」

ねちゃ、ねちゃ、と唾がからまる淫靡な音が響き、ふたりの喉がコクコクと同時に小さく鳴った。

（おばさんとこんな恋人みたいなエッチなキス……上も下もつながって……）

立ちバックで、肩越しに首をひねったキスはつらいだろう。

だが紗菜はうっとりと瞼を閉じて、舌を吸ってくる。

さらに突くと、紗菜は「あっ、あっ……」と切れ切れに吐息を漏らしつつ、その合間に「ううん、ううん」と悩ましい声を漏らしながら、レろぉ、んちゅ、と舌をからめてくる。

(下から突きあげると、キスが激しくなるんだ)

乳房をとらえ、ぐいぐいと揉みしだきつつ、乳首を捏ねる。

しゅわわわ……とミルクがまたあふれてきた。

「おっぱい、また出てきた。ごめんなさいっ、エプロンがぐっちょり」

「いいのよ。ああん、それより、陽くんにも弟ができたのよね」

紗菜に言われて、カッと頭が熱くなった。

(どうでもいいんだ、明里さんなんか……)

陽平は反動をつけ、バックから鋭く打ち込んだ。

「えっ？　そんな強いっ……奥まで……あううっ！」

紗菜が悲鳴をあげて腰を揺する。

(子宮に届いた……ここに射精したら、おばさんに僕の子どもができるかも)

そんな禁忌を思い描きながら、陽平は深く埋め込んだペニスをさらにぐりぐりと押しつけた。

子宮口の感触を切っ先で存分に味わっていると、子宮口が吸いついてきた。

「くううっ、おばさんの子宮、僕の精液を欲しがってる。妊娠したがってるね」

言うと、紗菜がハッとして身を強張らせる。

「だ、だめよ……危ない日ではないけど安全な日でもないの。おばさんまだ、あれがあるから妊娠しちゃうのよ。どうしたの？　陽くんがそんなこと言うなんて」

不安そうに言うものの、子宮口は紗菜の言葉と裏腹に、チュチュと亀頭に吸いついて、熱い子種を欲しがっていた。

「ああん、こんなに奥にオチ×チンが当たって……すごく危ないわっ」

人妻は汗をにじませて、肩越しに泣き顔を見せてくる。

ゾクッとするほどの被虐心がにじんできた。

(危ないんだ……おばさんを妊娠させるって……興奮しちゃう。明里さんの代わりにおばさんを孕ませたくなってきた)

届かない屈折した思いが、陽平を突き動かしていた。

歯を食いしばり、猛烈にストロークをはじめる。

パンッ、パンッと、柔らかな尻肉と腰がぶつかる打擲音を奏でると、

「あああん、だ、だめっ」

と、紗菜がイヤイヤした。

奥の方に柔らかな天井がくっついていた。先ほどと感触が違う。子宮口が降りてきているようだった。

危険を感じるが、それでもグイグイと切っ先で膣奥を穿つ。

「ぁああ、ああっ、奥はだめえっ。陽くん、私を妊娠させたいの？　ああんっ……」

せつなそうな顔で目を向けられた。

タレ目がちの双眸はうるうると潤み、エプロン一枚の素っ裸は紅潮して、汗と発情の匂いに包まれている。旦那以外の射精は怖いのに欲しがっている。

そんな美熟女の姿に背徳的な興奮を感じ、睾丸がひりついた。

律動を速めて、乳首をこりこりと捏ねる。膣の締めつけが強くなる。

「ぁあああ、だめっ、陽くんのオチ×チン、気持ちいいっ……だめなのに、欲しがってはいけないのに、ああん、ああんっ、はああっ……」

女の声が響き渡り、紗菜は総身を強張らせる。

さらに奥までえぐると、人妻は「ううっ」と呻いて朱唇（しゅしん）を開いた。

「ああんっ、いいわ……もし出したかったら、このまま、きて……」

三十七歳の人妻は、欲望に負けて禁忌の言葉を紡ぐ。

その許しの言葉に陽平はますます律動を速めていき、子宮口にこれでもかと切っ先をぶつけていく。

「ああんっ、いい、いいっ、いいわっ。陽くんのオチ×チンすごいっ、ああんっ、私、もうだめっ……イクッ……あっ、あっ……イクッ……!」

次の瞬間。

紗菜は背を弓のようにしならせて、シンクをつかんだままビクンッ、ビクンッと腰を痙攣させた。

その震えが、射精寸前の亀頭を刺激する。

「くぅぅ、ああ、出る。おばさんっ、出るよっ」

陽平は子宮口に切っ先をつけ、熱い樹液を吹きあげた。

どくん、どくん、とペニスが脈動し、友人の母親の胎内にありったけの精を放出する。

「あっ……すごいっ、私の中にいっぱい……お腹の奥っ……あふれちゃう」

キュキュと膣が搾り出し、あっという間に尿道が吸われていく。

立ちバックのまま紗菜は振り向き、うっすらと母性にあふれる優しい笑みを漏らすと唇を重ねてきた。

妊娠してもいい、そんな慈愛のキスだった。

2

(ああん、陽くん……一年で、こんなに逞しくなって……自分からなんて……)

可愛らしい少年の面影は残っている。

だが、高校生になった骨格からして逞しさを増した陽平には、牡としての生殖本能が強くなっているようだった。

(明里さんのことを口にしてからだわ。私を孕ませようって……きっと、まだ新しいお母さんにわだかまりがあるのね)

そう思えば、強引に犯されても情が湧く。

「陽くん。もういいわよね、私、これ以上、中出しされたら……」

少し気分を落ち着けて受けとめてあげたいと思うのだが、彼の獣性はとまらない。

手を引かれて、夫婦の寝室のドアを開けられた。

「おばさん、ここでしたい」

「えっ……待って。ここでって……だめっここで最後までするのはイヤよ、あっ！」

否定も虚しく、ベッドにごろんと寝かされた。エプロンも剝ぎ取られて生まれたままの姿にされる。

陽平も全裸になって、覆い被さってきた。

「だめっ……もう、ここでは……う、うくっ！」

ぬるり、と指が膣内に入ってきて、紗菜は腰を跳ねあげた。

まだ精液の乾ききっていない膣の奥が、指でぐちゃぐちゃとかき混ぜられる。

「ああんっ、だめっ……ホントに妊娠しちゃう……あっ……あっ……」

抵抗したい。だが夫婦の寝室で抱かれる後ろめたさより、子宮をこりこりと指先で押される心地よさが勝って抵抗できなくなる。

「う、うぐっ……」

甘い声が漏れ出しそうになり、紗菜は唇を噛んで喘ぎを堪える。

（あんっ、陽くんっ、誰か女の人に教えてもらったの？　すごく上手……）

感じる部分を的確に突いてきている。

慌てて股を閉じようとしても、無理やりに手でこじ開けられる。膣内で指を動かされると、意識がふわふわとして力が入らなくなる。

「はあっ……あンッ……アッ……アッ……」

ガマンしきれずに、ついに甘い声が漏れてしまう。

「ああんっ、許してっ……指は、もう……」

潤んだ瞳で見つめると、陽平はうれしそうに顔をほころばせる。

「指じゃなければいいんだね、おばさん」

そう言うと、彼は開いた股ぐらに顔を近づけていく。

(えっ？)

ふわっと息が陰唇にかかったと思うと、生温かい舌がスリットを優しく舐めあげてきた。

チュパ……チュ……チュ、クチュ……。

「はああ！　ああっ、ああんっ……ああんっ……」

(どうして……自分の出した精液が……まだ私の奥にあるでしょうに……)

しかし、陽平の舌はそんなことは関係ないとばかりに舌を使ってきた。

「ああっ……ああんっ……ううんっ」

奥を舐められる。気持ちよくて、紗菜は積極的に腰を自ら押しつけてしまう。

さらにはクリトリスも舌でこすられ、唇で吸いあげられた。

「あっ、ダメ、そこっ、そんなっ……」

不意の刺激に愉悦がこみあげて、目の奥が弾けるように真っ白になる。

ベッドから一瞬、ヒップが浮きあがった。

「ああんっ、だめっ、陽くんっ、それ以上刺激を受けたら、おばさんっ……ああんっ」

舌で肉芽を転がされつつ、膣内で指をクイッと曲げられた。

「あ、あンッ！」

意識がかすれ、思わず彼の身体にしがみつく。

（あんっ、だめっ……私、息子の友達に、高校生に……指と舌でイカされちゃう。しかも夫婦のベッドの上でなんて……）

胎内に蠢（うごめ）く舌と指が、身体の奥から愉悦を押しあげるようだった。

乳房が疼いてきた。母乳があふれそうだ。

「おばさんっ、おっぱいが……」

彼の口がおっぱいに吸いつき、強い力で吸引される。

「くううっ、ああん、昔みたいにまた飲んでくれるのっ？　ああんっ、はあああ」

膣口から蜜があふれる。意識がまた白くなっていく。

「やっ、ああんっ、イク……ああぁっ……」

アクメの余韻を悟ったときだ。

「ああん、お願いっ……また、オチ×チンで突いてっ。おばさんを……陽くんので、いっぱいにしてっ」

思わず紗菜は口走ってしまっていた。

先ほど子宮にたくさんの子種を受けたばかりだというのに、女の本能は欲しがってしまっていた。

「いいんですねっ、いきますっ」

陽平がウエストをつかみ、奥まで一気に押し込んできた。

「あああぁっ」

膣内に残っていた精液が、ぐちゅっといやらしい音を立てる。

「奥まで届いてるっ、陽くんでいっぱいにされてるっ」

リズムよく打ちつけられる剛直は、至福以外の何物でもない。

大きな双乳は派手に揺さぶられ、紗菜も抽送に合わせて、お尻を浅ましくくねらせていた。

もう三十七歳の人妻の矜持は、どこにもなかった。

痴態を見せてはいけないと思いつつ、もう十代のたくましさに肉体は翻弄されきっていた。

「あんっ、すごいっ……だめっ……イクッ……」

人妻はボブヘアを振り乱し、よがり泣く。

汗ばんだ肌に甘酸っぱい芳香が、アクメした熟女を包み込んでいた。

「イッたんですね、おばさんっ」

ハアハアと息をつきながら、陽平はうれしそうに見つめてくるのだった。

3

（一年前は……私が教えてあげたのに。今度は陽くんに翻弄されて……）

彼は入れたまま、さらに根元までを突き入れてくる。

二度目のアクメの予兆の中で、枕元の携帯が鳴った。

「陽くん。待って……」

この時間の電話は気になった。薄れていた意識でも、母親としては家族からの連絡かもしれないと、震える手で携帯を見る。

（高明から……）

部活に行っている息子からの連絡だった。

こんな状態で出られないと思うが、万が一、何かあったらと思うと気が気でない。

陽平に携帯番号を見せると、驚きつつも、こくこくと頷いた。

（息子の友達とセックスしながら、息子の電話に出るなんて、ひどい母親だわ……）

そう思うのだが、結合はほどきたくなかったのが本音だ。

陽平に組み敷かれて挿入されたまま、紗菜はスマホのボタンを押して電話に出る。

「もしもし、高明なの？」

『ああ、母さん、あのさあ。帰る時間、少し遅くてもいい？』

「え、ええ……そんなに遅いの？」

『一時間ぐらい』

「わかったわ」

早く切ろうと思ったときだ。

膣奥で、グググッとペニスがふくらむのを感じた。

（あんッ。やだ……陽くん、興奮してる。息子と私が電話してるのを見て、昂ってしまうのね）

そのときだった。

「おばさん、いくね」

「え？」

困惑顔で陽平を見る。

彼は組み敷きながら、硬くなったペニスで容赦なく奥を貫いてきた。

「あっ、あぁっ……ん」

紗菜は慌てて通話口を手で塞いだ。

陽平を「めっ」と睨むのだが、彼はやめてくれない。

『どうしたの？　母さん』

突然甘い声を放った母親に、息子は怪訝な声で尋ねてくる。

だが言い訳することもできずに、ぐちゅ、ぐちゅ、と逞しいモノでえぐられて、頭がぽうっと何も考えられなくなっていく。

『母さん？　どうしたのってば』

耳元で聞こえる息子の声に、パンパンという肉の打擲音が重なって、理性が狂わされていく。

快感があふれて、瞼がうっとりと閉じそうになる。

それでも必死に電話に出た。

「な、なんでもないのよ……わかったわ、一時間ね……んうぅっ」

ヨガり声が漏れる。

ガマンするのが精一杯だった。

『うん。ああ、それとさ。今度さ、ウチに友達よんでいい？　誕生日のパーティしたいんだよね。陽平とか……』

息子から陽平の名が出ると、恥ずかしさがさらに募る。

(その陽くんに、今、お母さん……犯されているのよ。何度もナマでされて、中出しされちゃってるの)

そんな背徳が強烈な快美を呼んで、身体の中が熱くなっていく。

紗菜はまた通話口を塞ぎ、身体を震わせた。

(あんっ……だめっ……イクッ……息子と電話しながら、イクなんてっ……なんて母親なの)

ガクガクと腰がうねり、意識が弾けとぶ。

母親のイクときの声など、断じて息子には聞かせられない。

通話口をギュッと握り、奥歯を噛みしめる。

「ああ、すごいや……おばさん、いやらしい顔……」

アクメのガマン顔を陽平が覗いてきた。

(ひどいわ、陽くんっ)

だが美貌を紅潮させたまま、絶頂の余韻はまだ覚めやらない。

奥まで貫かれ、パンパンと腰をぶつけられる。肉茎はやがて紗菜の中でビクビクと脈動する。

「あっ、出るっ……おばさんっ……ごめんっ、ガマンできない。高明と電話してる最中に……ごめんなさいっ」

陽平の言葉は本気のニュアンスだった。

アクメして痺れる膣内で男性器がふくれていくのがわかる。

(だめっ。今は射精されたくないっ)

とめてほしいという願いは虚しく、子種は子宮に注ぎ込まれていく。熱い精液を大量に浴びて、身体から力が抜けていく。

(あんっ、いっぱい中に出てる……ああん、息子と電話しながら、息子の友人に種付けされるなんて……)

恥辱と浅ましさに溺れるとともに、身を焦がすほどの背徳感に包まれる。

（ああ、陽くんの精液が……子宮に染み込んでいく……）

乳頭部から母乳が噴き出し、それをまた陽平にチュウチュウと吸われていく。

ふいに思う。

もしかすると自分は、明里の身代わりではないか……義理の母に見立てて犯されたのかも。

だが、もうそれでもよかった。

ただただ十代の男の子に女にされた悦びを、胸の奥に感じるのだった。

4

陽平が家に帰ると、父親の靴が珍しく玄関にあった。

（こんなに早く帰ってくるの、久しぶりだな）

もう高校生なのだから、とっくに父親離れはできていると思っている。

だけど、このところ夕食も義母の明里と弟の海斗（かいと）の三人だけだから、父親もいっしょの食卓はうれしかった。

「ただいま」

リビングに入ると明里が海斗を抱いて、おっぱいをあげていた。

真っ白いふくらみの先を、一歳になる弟は懸命に小さな口で、チュウチュウと吸っている。その様子を眩しげに見ていた父親が陽平に気づいた。

「おう。おかえり」

父親が声をかけると、明里はハッと顔を赤らめて、くるりと後ろを向いた。

「陽くん、おかえりなさい。今、海斗におっぱいあげたら、夕飯にするわね」

「う、うん」

陽平はリビングに入らず、そのまま自室に向かう。

明里の白いおっぱいが目に焼きついていた。

紗菜の中に、あれだけ何度も精を注いだのに、ズボンの中で肉茎がジクジクと疼いている。

(もう何度も、明里さんがおっぱいをあげているところ、見ているのに……)

父親と明里との間に、子どもが生まれた。

その事実は絶望的だ。それなのに陽平の気持ちはまだ明里にある。

(くそっ……)

陽平は部屋で着替えながら、明里のことを考える。

セミロングのゆるふわにウエーブさせた髪。

大きなアーモンドアイに薄いブルーの眼、そして鼻筋の通った顔立ち。

ハーフのような目を惹（ひ）く美人は、子どもを産んでもその美しさに翳（かげ）りはない。

むしろ、子どもを産んだ三十三歳の人妻の、しどけない色気が加わり、もう見ているだけで襲ってしまいそうになる。

（キレイだ……いつ見ても……義母（かあ）さんなんて呼べないよ）

暗い気持ちを抱えつつ、ジャージに着替えてリビングに行く。

海斗はベビーベッドですやすや寝ており、父親はソファでテレビを見ていた。

陽平はお茶を飲もうとキッチンに入る。

明里はシンクの前にいて、夕食の準備をしていた。

（ああ、明里さん……海斗を生んで、お尻が大きくなったよなあ）

後ろ姿をじっと眺める。

エプロンをつけたタイトスカートの豊満なヒップは、はちきれんばかり。

うっすらとパンティのラインを透けさせているのがエロかった。

キュッと絞られたウエストから、ムニュッと柔らかそうなヒップの肉の盛りあがりが、ふるいつきたくなるほど扇情的である。

股間が疼いたときだった。

「あっ、やだっ」

明里の声にハッとして、陽平は目線を上げる。

キッチンの吊り戸棚から大きな皿が落ちそうになっていて、それを明里が両手を伸ばして支えていた。

陽平は慌てて駆け寄り、明里の背後にまわって皿を受けとめる。

彼女が肩越しに陽平を見あげてきた。

「ありがとう、陽くん。でもホント……急に背が伸びたのね」

「まあね」

そのときだ。

ふわっ、と甘い匂いがした。

義母のつやつやした髪にそっと鼻先を近づけてみる。シャンプーか香水かわからないが、甘くて噎せ返るような大人の女の匂いだった。

(ああ、明里さん……)

陽平は心臓をバクバクさせながら、義母の背に己の身を押しつけた。強張った股間をスカート越しのムッチリした尻たぼに押し込んでやる。

「あ……」

明里が吐息をこぼし、肩越しに睨んできた。

「な、何をするの」

「お皿を取ってあげただけだよ」

陽平はそう言うと、高い吊り戸棚にある明里の手を両手で押さえつけた。

明里はキッチンの前でバンザイした格好になる。

「ちょっと……何をしてるのっ」

明里はちらちらと、カウンターから見える父親の姿を気にしていた。

「ねえ、陽くん、よして。お父様にへんに思われるわ」

「思われてもいいよ」

明里の耳元でささやきつつ、尻の狭間に嵌まった勃起を上下に動かした。

「あっ……ちょっと、いやっ……あン」

明里がか細い声を漏らして、嫌がるように腰を揺する。

(う、うわっ。明里さんのお尻……や、柔らかい……)

義母が尻を動かすたび、こちらの勃起がこすれてさらに硬くなる。

「離れて、お願い」

明里の目の下がねっとりと赤くなり、長い睫毛が震えるように何度も瞬いている。

(意識してる……明里さんが僕のチ×ポを……)

たまらなかった。

ハアハアと息が荒くなり膝が震えた。

「ねえ、明里さん。あの約束は？　家ではパンティ脱ぐって……」

ささやくと明里が睨んでくる。

「そんなこと……陽くんが勝手に言っただけの約束でしょ。あんっ、もう……やめて」

父親の目を意識しながら、明里が逃げようと抗う。

だが、ヒップを揺すれば揺するほど、タイトスカート越しに豊かな尻の感触がはっきりと感じ取れる。

もっと強く押しつけた。

「あンッ……だめっ、あっ」

明里は吐息を漏らし、巨尻を揺らした。

ヒップが熱くなってきていた。

「ああん。いやっ、陽くん……離れて。離れなさい」

義母がつらそうに眉根を寄せ、上目遣いに見つめてくる。

陽平の興奮はピークに達した。

5

「ああ！」

タイトスカートの上から、いきなり義理の息子に双尻を撫でられた。

ようやくバンザイしたまま押さえつけられた両手が自由になり、明里は手で振り払おうとする。

「や、やめて……陽くん」

明里は瞳をひきつらせて、身をよじる。

そして彼のイタズラする手をつかんで、なんとかやめさせようとする。

「大きな声を出すと、父さんにバレるよ」

耳元で陽平に言われ、ハッとしてカウンターから陽平の父親である夫を見た。

今、夫はテレビに夢中だ。

だが……妖しい声を出してこちらを向いたら……。

（陽くんが、義母である私にいつもこんなイタズラをしているとお父様が知ったら、家庭が壊れてしまう）

それを思うと、抵抗がおざなりになる。

「ほら、手が邪魔だよ。また両手を拘束しようか？　ここに僕がずっといると、父さんがへんに思うかも」

言いながら、陽平の手がタイトスカートの中に潜り込んできた。

パンティ越しに、ヒップを撫でられる。

「ああっ……いやァ」

「おお、明里さんのお尻っ、ムッチリしてたまんないっ」

うれしそうに言いつつ、いやらしい手つきで尻肉に指を食い込ませてくる。さらには柔らかさや量感を確かめるように、ヒップを揺らしてきた。

（あんっ……陽くんっ、何なの……女性に慣れてる手つき……）

高校一年生とは思えぬ、女の性感を呼び覚ましてくるような、ねちっこい愛撫。

明里は唇を嚙みしめてイヤイヤと首を振る。

（あっ、おっぱいが……）

性的な刺激を受けると、胸がジクジクと疼いてしまう。

海斗を生む直前くらいから、バストがサイズアップした。今はEカップのブラジャーもキツくてFカップだ。

しかも大きさだけではない。

乳腺の発達で、身体の感度もあがっている。

だから乳首が下着や衣服にこすれるだけで、甘い陶酔が湧きあがる。

お尻も今まではそんなに感じなかったのに、こんなふうにいやらしくイタズラされただけで、ゾクゾクとした震えが爪先にまで届いてしまうようになってきた。

（あんっ、いやっ……母乳が出てきちゃった）

ブラジャーの中に入れている母乳パッドが濡れてきているのがわかる。これ以上されたら、ブラにも母乳がシミ出しそうだ。

「も、もう許して……」

明里がイヤイヤとするも、高校生となり、骨格も男の子になった陽平は明里を逃がそうとしない。

「すぐ終わるよ。じっとしてたらね」

タイトスカートの裾をまくられ、ベージュのパンティに包まれたヒップが丸出しにされる。

陽平がパンティのサイドに手をかけてきた。

「あっ！　だめっ」

下着を脱がされるとわかり、明里は手でパンティを押さえるものの、男の子の力にはかなわない。

（いやあんっ……お父様のいる前で、しかもキッチンで……息子にパンティを脱がされるなんて……）

必死に押さえていたが、そのときに夫と目が合った。

「ん？　時間がかかってるみたいだな。手伝おうか？」

夫の提案に明里は慌てて首を振る。

「あ、あなた……今、陽くんにも手伝ってもらっているから、大丈夫よ」

そう返すと、夫の視線はまたテレビに戻る。

ホッとした。

そのときだ。

油断してパンティを押さえていた手が緩んでしまった。

「あっ……！」

陽平の手でパンティをするりと剝かれ、明里は小さな悲鳴を漏らす。

尻丘をパンティがスルスルと滑り下り、太ももを抜けて足首にからまった。

（いやあっ）

丸まったパンティを爪先から抜き取られる。

そして陽平は明里の脱ぎたてパンティに鼻先をつけて、くんくんと嗅いでみせる。

「ああ、いい匂いだ」

息子のその行為に、全身がカアッと熱くなる。

朝からずっと穿いていたパンティだった。汗や匂いも強くなっているだろう。

それに加えてだ。

今、息子にイタズラされて、濡らしてしまったのを自覚している。

きっと愛液もクロッチに付着しているはずだ。

その汚れた分泌物の匂いを、義理の息子に嗅がれたと思うと、死にたくなるほど恥ずかしい。

「か、返して。お願いっ」

手を伸ばすも、陽平はさっさとパンティをズボンのポケットにしまってしまう。

今まで穿いていたパンティを、これから息子にじっくりとイタズラされるのだと考えると、恥ずかしさでおかしくなりそうだ。

「ねえ、明里さん。もうちょっとお尻を突き出した格好になって」

耳元で言われて、明里は肩越しに陽平を睨みつけた。

「もういいでしょう？　パンティは脱いだわ。まだ何かするの？　どういうつもりなのっ」

「いいから。もうガマンできないんだよ」

陽平が自分のベルトを外していく。

（ま、まさか……）

心臓がドキッとして身体が熱くなる。

逃げようとした身体を、後ろから抱きしめられた。

夫の前で大声を出すこともできない。

だが、これだけは絶対に許されない行為だ。

「お、お願い……」

濡れた目で陽平をた。

「陽くん……ここでは、ここではやめて。お願いっ……裸にもなるから……言うことはなんでも聞くから。今だけは……お願いっ」

哀願すると、陽平の強張っていた顔がふっと緩んだ。

「……なんでもだよっ。約束ね」

陽平はうれしそうに言うと、明里から離れてお茶を手に取って、ようやくキッチンから出ていってくれた。

（ああん……おっぱいが……）

乳頭部がジクジク疼いて、パッドがぐっしょり濡れるほど母乳が漏れていた。

明里は大きなため息をつき、再び夕飯の支度に向かうのだった。

第五章　ママのまろやかな身体を味わって

1

（どういうつもりなのかしら……なんでもするっていう約束がデートだなんて）

土曜日の夕方。三番線のホームで明里は陽平と電車を待っていた。

夫は海斗をつれて、夫の実家に遊びに行っているので、今日は夜まで陽平とふたりきりだ。

偶然ではない。陽平に言われて、そうしたのだった。

「しかし混んでるね。土曜日のこの時間って、混むって聞いていたけど」

隣に立つ陽平が、小声で話しかけてきた。

確かにホームは人でいっぱいだった。

明里も久しぶりの満員電車で緊張していた。

チェックのスカートにロングブーツ、上はコートに濃紺のVネックニットだ。

Vネックニットはゆったりしたものだったのだが、バストがサイズアップするほど大きくなった今は、ブラのラインが浮いてしまうほどタイトなニットになってしまっていた。

(もうちょっと、ゆったりめの服にすればよかったかしら)

陽平の意図がわからなかったが、いっしょに買い物に行きたいと言われて、久しぶりにオシャレをしてきた。

もしかしたら、もう性的なイタズラをやめて打ち解けたいのかもしれない。

隣に立つ陽平をちらりと見る。

高校生で少し大人びたとはいえ、まだ子どもなのだから。

(だけど、この前……私のお尻に押しつけてきたアレは、すごく硬くて大人のようだったわ)

明里はハッとして顔を赤らめる。

(何を考えてるの。あんなこと、もう意識してはだめっ)

電車がやってくる。

すでに車両は乗客でいっぱいだった。

ホームにつくと押し出されるように乗客がドアから吐き出され、同じくらいの人の塊(かたまり)が乗り込んでいく。

人の波に飲まれながらも、ふたりは連結器のあるドアまで押し込まれた。

(すごい人……)

冬だというのに車内は蒸していた。

背中に陽平がいてくれるので、他の男に触れられなくてホッとする。

ゆっくりと電車が動き出す。

「すごいね、ホント」

陽平がささやいてきた。

「駅と駅の距離が離れているから長いのよね、ここ」

明里はちょっとだけ首を動かし、陽平に向かって言う。

人に押されないように、ヒールの足で踏ん張っていたときだ。スカート越しにお尻に硬い異物感を覚えてハッとした。

「明里さん、いい匂いがするね、甘い大人の女性の匂いだ」

背後から陽平にささやかれた。

(またお尻にアレをつけてきて……わざとなの？　でもこんなに密着して身動きが取れないなら、当たってしまうのも無理はないような)

困惑しつつも、あまり意識しないようにする。

だが、意識しないようにと思えば思うほど、どうにも意識してしまう。

(あんっ、熱いわ……)

こすれるだけで、彼のペニスの熱さや硬さをスカート越しに感じてしまう。

明里は顔を赤らめてうつむいた。

(やだわ、陽くんのあそこ、ますます硬くなってる。あんッ……また胸が張ってきちゃう。母乳パッドつけてきてよかった)

電車が揺れるたび、ますますお尻に男性器の硬さを感じてしまう。

その性的な興奮が乳頭部を刺激していた。

(ウソでしょ……私ったら……)

ブラジャーの中で乳首がジクジクと疼いてきて、パッドにこすれるだけで甘い刺激がこみあがってくる。

「うっ……うくっ……」

明里はあふれそうになる声を必死にこらえた。

ボブヘアを振り乱してイヤイヤする。身体は火照りっぱなしだった。

（どうして……私、こんなに感じてしまって……）

背後から、陽平が呼気を乱しているのが聞こえた。

「感じてるの？　明里さん、僕のチ×チンで」

耳元でいやらしい言葉を使われて、ハッと顔をあげた。

「そ、そんなわけないわ。というか、やっぱりわざとなの？」

肩越しに振り向き、小声で言い返す。

「どうかなあ。でも感じてないんだね。確かめさせてもらうよ」

「は？　何を言って……あっ……！」

ふいに手のひらがスカートの上からヒップの丸みを撫でまわしてきた。

（あっ、そんな……）

いやらしい熱を帯びた息子の手が、ヒップを這いずりまわっている。

（あんっ……やだッ……いやらしい）

声を出したくとも、相手は息子だ。

まわりの乗客に誤解されたくないから悲鳴も出せない。

陽平の手は、次第にエスカレートしはじめる。

スカートの布地を通して、淫らな欲望を携えた手のひらが尻たぼの形を確かめるように愛撫してくる。

(よして、陽くん)

誰かに見られたら、と思えば思うほど身体が敏感になり、よけいに感じてしまう。

ガタッ、と電車が揺れる。

明里は押されてバランスを崩してしまう。

その隙に、背後から陽平の手がするりとニットの中に潜り込み、ブラ越しのおっぱいを揉んできた。

「あっ……」

明里は思わず声をこぼす。

しかし、電車の音が不意に漏れた悲鳴をかき消した。

(な、何を考えてるのっ、だめっ、だめよ……)

ニットの中で、もぞもぞと陽平の手がイタズラしている。

慌ててコートの前をかけ合わせ、明里は胸元を隠した。

「や、やめてっ……揉まないでっ、陽くんっ……電車の中よ……」

小声で非難するも、しかし、陽平のイタズラはやまなかった。

背後から乳房を鷲づかみされ、じっくりと揉みしだかれる。

「うっ！　んっ……」

いやなのに、甘い声が漏れそうになり慌てて奥歯を嚙みしめる。

そのうちにニットの中でブラジャーのホックを外され、母乳パッドがこぼれ落ちてしまう。

それを抜き取った陽平は、さらに乳首をキュッとつまんできた。

「ンふっ……」

（ああん、だめっ、今、そんな風にいじられたら、母乳が出ちゃうっ）

そうなったら、ベージュのニットの胸元に、ミルクのシミが浮きあがってしまうだろう。

そんな恥ずかしいことはさせまいと、肩越しに睨みつける。

「だめっ、おっぱいが……母乳が出ちゃうから……パッドを返して」

「明里さん、なんでもするって言ったよね。このブラジャーも、紐のところが外せるから脱げるでしょ。今日のデートはノーブラだよ」

「なっ！」

驚いている間に、肩紐を外されてブラジャーも抜き取られる。

ノーブラになった乳首が、ニットのチクチクにこすれてしまう。

それだけで腰に甘い疼きが宿ってくる。

(あんっ、敏感になってるのにノーブラなんてっ……いやん、ミルクが出ちゃう……しかもぽっちもニットに浮いちゃうし……)

全身が羞恥で熱くなっていた。

ようやく陽平がデートに誘った意味がわかった。

たくさんの人がいる前で、辱めようという魂胆なのだ。

(ひどいわ、陽くん)

そう思うが、もう満員電車ではどうにもできない。

せめて母乳が出ないように、性的な興奮を収めようと息を整えるのだが、陽平の手はスカートの中に忍び込んできて、太もものムチムチした部分から、パンティ越しの肉の窪みに触れてくる。

「うっ！　んんっ……」

ゾクッとした痺れが全身に広がり、妖しい熱が亀裂の奥からにじみ出る。

(いやあっ……だめっ……)

明里はこみあがるってくる劣情に腰を震わせながら、背後にいる陽平の腕を握りしめる。

だが、彼の手の動きはさらにいやらしく、パンティのクロッチをなぞってくる。

「んぐぅ……」

熱い蜜がパンティにまで染み出していた。

(あん、このままじゃ、パンティとニットの胸のところに、淫らな濡れジミをつくってしまうわ)

「も、もう、よして……」

弱々しく言うも、陽平は逆に口を耳元に近づけてきて、

「よしてなんて……明里さん、濡れてるね。気持ちいいんだね」

「違うわ、そんな」

(ああん、いやぁ……)

陽平の指をスカートの奥から逃がしたくて、明里はさかんに腰をよじる。

だがイタズラする指はさらに淫らさを増した。

人差し指と中指らしき二本指で、パンティ越しに亀裂をゆるゆるといじってくる。

「あっ……あっ……」

もう明里は口を閉じることもできず、うわずった声が漏れてしまう。

（だめっ……ああ……ああん、母乳が……ミルクが出ちゃう）

すぐそばに、こんなに人がいるのに、じっくりといやらしいことをされている。

その事実が明里を困惑させてしまっていた。

（だ、だめなのに……どうしてこんなに感じちゃうの……）

そのときだ。

電車が速度を落として駅に停まった。

ドアが開いて乗客が降りていくも、それ以上にまた人が乗り込んできて、また満員電車になる。

動き出したときだ。

「あっ」

明里は驚き、わずかに小さな声を漏らした。

スカートをたくしあげられたと思ったら、パンティの上端から陽平の手のひらが滑り込んできた。

（いやぁ……お、お願いっ……陽くん、やめてっ）

もう顔をあげられなかった。

パンティの中は、こぼれた蜜でぬるぬるになっている。

ムンムンと蒸れているのがはっきりわかる。

(だめっ、陽くんにバレちゃう)

案の定だ。

忍び込んできた彼の指が、驚いたようにビクッと震えた。

「明里さん、おま×こがぐっしょりだ。痴漢されてこんなに感じるなんて、淫乱だね」

耳元でささやかれる。カアッと脳が痺れた。

「そ、そんなこと……あぁっ……」

言い訳しようにも間髪入れずに、パンティの中で指が亀裂をこすりあげてきた。明里はビクッと震えた。

(いやあ、だめえ……)

もう陽平の右手にしがみついてなければ、立っていられない。

さらに指は、敏感にクリトリスをひっかいた。

「あンッ」

思わず声をあげてしまい、明里は慌てて口を塞ぐ。

前にいるスーツを着た若い男性が、ちらっとこちらを向いた。
満員電車内で、明里の様子を不穏に感じる人間が他にもいるようだ。
やり過ごそうとうつむくが、陽平の指はいやらしくワレ目をこすってくる。
（いやぁぁ……）
おびただしい蜜があふれ、パンティの基底部はぐっしょりだ。
（だ、だめっ、お、おっぱいが……）
下だけではない。
ノーブラの乳頭部が疼いて、どうにもならなかった。
（あっ……あっ……いやっ……もうやめて、母乳が……ミルクが出ちゃうっ）
だが、その指が、ガマンしようとすればするほど、温かなとろみが膣からあふれ出す。
その指が、入り口に押し込まれて、ぐぐっと深く埋められていく。
（ああん、ゆ、指が……私の中に入ってくる……）
緊張の汗がどっと噴き出した。
（だめっ、感じるっ……こんなところで、電車の中で……）
満員電車だ。みんなに見られてしまう。
そんな背徳感が、さらに明里の官能を揺さぶっていく。

（だめっ、だめっ……）

目の前が白くなる。

脚に力が入らなくなったときだ。

陽平のもう片方の手が、ニットの中に忍び込んできて、キュッと乳首をつまんだ。

（あああああっ！）

じわあっと乳頭部が熱くなり、ミルクが噴き出した。

ノーブラでパッドもない。

白いミルクがじわあっと、ニットに濡れジミをふたつ、つくっていく。

（ああ！　恥ずかしいっ。いやああ）

だが、しゃがみ込んだら、さらに注目を浴びてしまう。

うつむいていると、さらに陽平の両手で乳首と膣奥を同時に責められて、明里はガクガクと脚を震わせる。

（イクッ……）

もうだめだと、背後にいる陽平の腕をギュッとつかみ、ぶるぶると震えながら、明里は満員電車の中でイタズラされて、恍惚を迎えてしまうのだった。

2

買い物を終え、ようやく家に戻ってきた。

(ああ……ひどいわ、ずっと……この服で買い物をさせるなんて)

コートを脱ぐ。

ニットの胸の頂点に大きな濡れジミがふたつ、もうすでに乾ききっていた。

ショッピングモール内ではコートを着ることは許されず、この格好でずっと歩かされたのだ。

恥ずかしくて、うつむいて歩いていたものの、両手で胸を隠しながら歩くのはつらかった。

かといって両手を外せば、母乳の濡れジミを見られてしまう。

顔から火が出るほど恥ずかしく、何度も逃げようと思った。

だが約束は約束だ。

最後まで母乳まみれのニットを着て、店をまわったのだった。

(ようやく、この服が脱げる)

明里は陽平を置いて、一目散に脱衣場に入っていく。

ニットを脱いだときだった。

陽平が扉を開けて入ってきた。

「キャッ」

明里は慌てて脱いだニットで乳房を隠した。

「今さら隠すなんて……おっぱい張ってつらいんだよね。僕にまかせてよ」

「まかせるって……いやっ、もうよして」

いやがる明里を尻目に、陽平は手を引いていく。

「いいから。たっぷり飲んであげるから」

「飲むって……な、何を……えっ？」

そのまま寝室まで連れていかれて、ベッドに組み敷かれた。

ニットを剝ぎ取られると、まろび出た乳房がいやらしく揺れる。

「あんっ、お願い。やめて」

逃げようとするも体重をかけられる。

陽平に乳房を揉まれ、また乳腺が刺激される。

乳首から、白いミルクがたらたらとこぼれ落ちていく。

「ああ、こんなにたくさん……母乳が……」

陽平はうれしそうに言うと、明里の乳房を咥えて、チュウチュウと吸いはじめた。

「ああっ、よ、陽くんっ。そんなっ」

ぢゅるるる……と、音を立てて吸われると、パツパツに張っていたおっぱいが軽くなっていく気がする。

それと同時に、下腹部の疼きが強くなる。

陽平はおっぱいを吸うだけでなく、乳首をねろねろと舌で舐めたりするので、感じてしまうのだ。

「あんッ……だめっ……」

ベッドの上で明里は身悶える。

(そんな、高校生になった息子におっぱいを吸われるなんてっ……)

いやいやと抵抗しつつも、おっぱいの出はさらに強くなる。

陽平に揉みしだかれて吸われていると、しゅわわわわ……と、音がするほどにミルクが噴き出していくのだ。

「ああんッ……強いっ、私、こんな風に強く吸われたことなんてっ……あううん」

母乳を搾乳機で搾るときは痛みを感じる。

しかし陽平に強く吸引されると、痛みではなく気持ちよさが乳頭部から広がっていき、スカートの下半身をパンティが見えるのもかまわずにくねらせてしまう。

(ああん、だめっ……乳首が、コリコリしちゃうっ)

乳首と子宮の疼きで、全身がとろけていく。

(気持ちよすぎて、おっぱいが全然とまらない……)

無理やりに押し倒されて、乱暴に乳房を吸われているのに、陽平のことが心配になってきた。

さっきからずっと吸っていて、喉をゴクゴクと鳴らしているのだ。

「ああん、ねえ、陽くんっ……もうやめてっ……さっきからずっと出てるのよ。そんなに飲んだら、具合悪くなっちゃうわよ」

明里は自分を襲っている息子を諌めようとする。

しかし、陽平はやめることもなく、さらに強く吸いあげてから、

「悪くなってもいいよ。明里さんのおっぱい、美味しいから……今だけは僕のものだっ、全部飲むからね」

そう宣言し、また乳首を咥えて吸いあげる。

(そんなにおっぱい好きだったの？　あんッ、一生懸命おっぱいをチュゥチュウする

陽くんっ……可愛いわ……え？）

ふいに吸引する力が弱くなり、胸が重くなったと感じた。

見れば乳首を咥えたまま、陽平がうれしそうな表情を見せながら、寝息を立てていた。

「えっ、ウソでしょ……陽くん、寝ちゃったの？」

軽く頭を撫でてやると、

「……ううんっ、明里さん……好き」

と、寝言をつぶやき、乳房に顔を埋めてくる。

明里はホッと胸をなでおろすと同時に、ウフフと微笑んだ。

（もうっ、ひどいことばっかりするくせに。こんな可愛い寝顔を見せてくるなんて。わかってたのよ、陽くん。あなた、寂しかったのよね……）

明里は陽平の頭を撫でながら、頭の中で整理する。

そう。わかっていた。

最初から……会ったときから、陽平が自分に好意を持ってくれていたこと。

もちろん思春期で、女性の身体に興味津々だったということもある。

だが、それ以上にひとりの女性として、ずっと見ていてくれていたのだ。

その葛藤の表現が、性的なイタズラであることもわかっていた。

(陽くん、私のこと好きだけど、でも自分の母親で……つらかったわよね)

どうにもならない思いを抱えて、ずっと陽平は自分に接してきたのだ。

(だから……なんとしてでも母親と呼ばせたかったのよ、私は……)

母と呼んでくれさえすれば、いつしか恋愛対象ではなくなると、明里はずっと信じていた。

そのために、なんでもしようと思っていたのだが……。

(でも……これでよかったの？　無理に母と子の枠に嵌めようとしたこと)

言ったことはもちろんないが、明里も陽平のことが好きだった。

それは息子として、というよりも、ひとりの男性としてだ。

(母親と女としての折り合いがつかなかったの……でも、今、わかったわ……この子を誰にも渡したくない。母親として、そして女として、この子を愛したい……)

明里は陽平の寝顔に軽くキスをして、そっと離れていくのだった。

3

（あれ、どこだ……？）

陽平は目を覚ますと、薄暗い部屋の中にいた。

（思い出した。帰ってきてから、明里さんのおっぱいを吸って……あんまり気持ちよくって、ついうとうとして……）

父親と義母の寝室、そしてふたりのベッドの上で寝ていることで、猛烈に虚しさが襲ってきていた。

どんなに義母を辱めても、仮に無理やり襲っても……当たり前だが自分の母親なのだから、けして手には入らないのだ。

（父さんたち、まだ帰らないのかな……えっ……？）

うっすらとした月明かりの中に、白い裸体が浮かびあがっていた。

「あ、明里……さんっ？」

足元にいる義母を見た。

三十三歳で、子どもを産んだばかりとは思えぬ美しいプロポーションだった。

全体的に細身なのに、おっぱいは以前よりも大きく、それでいてしっかりとした張りがあった。

乳輪は子どもを生んだとは思えぬ、薄ピンク色だ。

くびれた腰からヒップへのふくらみも、たまらなくいやらしい。

(大きいっ……おっぱいもお尻も……ムチムチして肉感的で……こんなにすごい身体だったんだ)

ただ細いだけではなく、柔らかそうな成熟したプロポーションに、陽平は思わず見とれてまう。

それでいて、ゆるふわなセミロングヘアの似合う色白のハーフ顔。

改めて思う。好きだ。まさに理想の人だった。

その義母が一糸まとわぬ姿で陽平を見ていた。

思わず唾を飲み込んだ。

「えっ、明里さん……な、なんで裸なの?」

どうしたんだろうと見ていると、明里は恥ずかしそうにしながら、口を開いた。

「私ね……陽くんをホントの息子のように思ってたのよ。私、あなたのお母さんになりたかったの」

明里はそこで言葉を切り、また続けた。

「でも陽くんは……私のことを好きだから、わざと怒らせるようなことをしているのよね」

はっきりと隠していた気持ちを言われた。

陽平は赤くなり、口を尖らせる。

「そ、そんなわけないよ」

わざとぶっきらぼうに言うと、明里は「ウフフ」と笑みをこぼして、陽平に近づいてきた。

(え……？　おおっ)

ボリュームたっぷりの双乳が、目の前でぶるんと揺れている。

それだけではない。

股の間に漆黒(しっこく)の繁みがあり、小さな亀裂が見えていた。

股間がジクジクと疼き、身体が熱くなる。

憧れの人のフルヌードだ。

興奮しないわけがない。

「ウフフ。いつも拗(す)ねていて。実はね……私も可愛いと思っていたのよ。あなたのこと」

「えっ？」

唇を奪われて、陽平は目を丸くする。

（あ、明里さんから、キスっ……！）

心が震えた。

ずっと思っていたことが、今、現実になって頭がぼうっとかすんでいく。

「ウフ。ホントのことを言うわ。私も好きよ。息子としてだけじゃなくて、ひとりの男性として……お父様を裏切ることになるけど、この気持ちは抑えられないの」

「ええ！」

陽平はクラッとした。

（い、今、なんて？　明里さんが、僕のことを好きだったって……）

「ねえ、陽くん。約束……守れる？　お義母さん、あなたのものになってあげる。うん、あなたのものになりたいの」

明里の思いつめたような表情に、陽平はドキッとした。

「あ、明里さん……」

心臓がドク、ドクッと早鐘（はやがね）を打つ。

陽平も慌てて服を脱ぎ、全裸になってベッドの上で明里に覆い被さっていく。

明里が目をつむり、唇を突き出してきた。

陽平も口唇を出し、今度はしっとり唇を重ね合った。

「……うんんぅ……」

最初は受け入れるままだった明里だったが、ギュッと抱きしめると、彼女もしがみつくように身体を重ねてきた。

(うおおっ、気持ちいいっ、明里さんの身体、や、柔らかい。夢じゃないんだ)

肉感的な裸身がたまらなく心地よく、陽平は夢中で明里の口を吸った。

唇のあわいに舌を差し入れると、明里からも積極的に舌をからませてくる。

すぐに、ねちゃ、ねちゃ、と唾液をからめ合うディープなキスになり、ベッドの上で激しく口を吸い合っていく。

ハアハアと息が乱れるほど甘い口づけを交わした後に、明里が上目遣いに見つめてくる。

「だめな母親ね、私……」

とろんとした目つきは、淫らに潤んでいた。

間違いない。

欲しがっている。

そして、恥じらうように目の下を赤く染めているのも可愛らしかった。

初めて見たときから、好きだった。

好きで好きで……だけど、どうにもできなくて狂いそうだった。

「そんなことないよ。ごめん……ホントは、いつも優しくしてくれて……ホントのお母さん以上に思ってたんだ。あの、ヤレるからって言ってるんじゃないよ。ホントの気持ち」

「ウフッ。わかってるわ」

義母はチュッと唇にキスして、微笑んでくれた。

「明里さん……僕、もう入れたい……」

組み敷きながら、ついに禁忌の言葉を陽平は口にする。

「私もよ。陽くんとつながりたいの」

明里も背徳の言葉を口にして、後ろめたいのか顔をそらす。

その仕草がたまらなく色っぽかった。

陽平は手を下に持っていき、明里の股にくぐらせた。

「あっ……！」

義母がクンッと顎をつきあげてから、恥ずかしそうに目をつむった。

(明里さんのおま×こ、ぐっしょり濡れてるっ……明里さんももう受け入れ準備ができてるんだ)

すらりとした脚を開かせて、陽平はその間に身を置いた。

剝き出しになった明里の陰部が、とろとろと愛液を垂らしている。もうガマンできなくて、ビンビンになった肉竿を近づける。

「入れて、陽くん」

明里が泣き顔で見つめてくる。

愛おしかった。

たまらなく、愛おしかった。

「う、うん……」

(ああ、ホントに……明里さんとヤレるんだ……)

いけないとは思いつつも、ずっと恋い焦がれていた人だった。

美しくて、優しくて……。

そしていやらしい身体つきの三十三歳。

陽平は唾を飲み込んで、横たわる義母を見入った。

母乳タンクとなった巨大なふくらみから、くびれた腰つき、そしてお尻へと続く身体のラインは実にグラマーだ。

たまらなかった。

いきり勃つ勃起の根元を持ち、ゆっくりと義母の姫口に向かう。

「ンンッ」

軽く切っ先を押し当てただけで、明里の身体がビクッとした。

明里がギュッと目をつむる。

その様子を見ながら、ゆっくりと亀頭部をとば口に押し込むと、ぬるりと嵌まり込んでいく。

(ああ、あったかい……)

肉の襞が、ペニスに吸いついてくる。

もっと奥にいけないかとグッと腰を入れる。

すると、ぬかるみをズブズブと穿って、ついに奥まで嵌まった。

「あ、あンッ」

明里がクンッと大きく顔を跳ねあげた。

「くうう、明里さんのおま×こ、からみついてくるよっ」

膣襞が優しく包み込んできた。

気持ちよくて思わず腰を震わせる。

これまで味わったことのない甘美な感触に興奮がやまない。

「言わないでっ……ああん、陽くんの……お、大きい……」

切羽つまったような、感じ入った声だった。

見れば、大きな瞳がとろんとして、妖しげに光っている。

(明里さんと、つながってる。奥までっ……ついに明里さんと……)

義理とは言え、母子で結合している。

けして許されることではないが、これはもうふたりの望みだったのだ。

「ううっ……」

苦しいのか、明里が身をよじった。

すると、大きなおっぱいが陽平の目の前で揺れ弾んだ。

「明里さんっ、僕、明里さんとひとつに……」

汗ばんだ顔で見つめると、明里がクスッと笑った。

「ええ。陽くんを子宮で感じちゃうわ」

「もっと知りたいよ、僕……明里さんのこと……」

「これ以上？」

「うん、たくさんつながって、明里さんのすべてを知りたい。父さんよりも父親のことを口にすると、明里は少しつらそうな顔をした。

だがやがて小さく、こくっと頷いてくれた。

（僕のことを許してくれた……ああ、明里さんの中を、僕の形にしたいっ）

陽平はペニスを明里に馴染ませるように、ゆっくりと腰を動かした。

「あ、ああんっ……そ、そこっ……」

明里はのけぞり、ギュッとシーツをつかんだ。

「気持ちいい？」

訊くと、明里はハアハアと吐息を漏らしつつ、「うん」と小さく言ってくれた。

（可愛い……ああ、明里さんを、僕がイカせたいっ）

ぐぐっとさらに腰を押し込むと、

「はあんっ、痺れちゃう……アアンッ、すごいわ。何も考えられなくなるぅ」

火照った女体はいつしか汗まみれになって、甘酸っぱい匂いを醸し出していた。

本能が早く射精をしたいと言っている。

陽平は、ぐぐっ、ぐぐっ、と腰を突き入れた。

「あ……あんッ……だめ……ああん」

明里は艶めかしい表情で、大きくのけぞった。

そのたびに大きなバストが揺れ、陽平の目を楽しませる。

「あん……陽くんを気持ちよくさせたいのに……私ばっかり感じちゃう。ああん、気持ちいい……奥がこんなに気持ちいいなんて、初めて……」

（えっ？）

その言葉に陽平は色めいた。

もしかすると、父親の届かなかったところを穿っているのかもしれない。

陽平はうれしくなって、組み敷いた美しい義母を見つめた。

打ち込むたびに眉間に悩ましい縦ジワを刻み、今にも泣きださんばかりの悩ましい表情だ。

さらに突いた。

ぬぷっ、ずちゅっ……。

激しくピストンをすると、濡れきった膣奥から愛液があふれ、淫靡な水音を奏でていた。

もうとまらなかった。

陽平は義母の腰を両手でつかみ、さらに奥までをがむしゃらに突いた。

「あっ！　ああっ、ああっ……そんな……だめっ……陽くんっ、ああんッ、これ以上されたら、私っ」

力任せのストロークに、明里は激しく身悶えして背をのけぞらせる。

肉先がこりこりした先端に当たった。

(子宮口だ……明里さんの……)

さらに突くと、

「ああんっ、だめっ……ああん、いや、陽くん……それだめ、お義母さんをだめにさせないでッ」

膣がギュッとペニスを食いしめてくる。

喘ぎが色っぽく崩れ出していた。

明里の震えが、もうすぐ達することを陽平に教えてくれていた。

4

「あんっ、奥に……当たってるっ……」

揺れるバストの乳頭が、もげそうなほど尖りきっている。

（あっ、いやっ……陽くんの気持ちよすぎて、おっぱい出ちゃう）

乳頭部から母乳があふれ出すのを、陽平は夢中になって背を丸め、乳首をチューッと吸いあげた。

「ああんっ、入れたまま、おっぱい吸われるなんてっ……ああんっ」

「う……あ、明里さん」

陽平は急に乳首から口を外し、見入ってきた。

「どうしたの？　出ちゃいそう？」

「う、うん……」

明里はクスッと笑った。

あんなに今まで乱暴なイタズラしてきたくせに、中出しを心配してるのだ。

「いいのよ、いつでも、好きなときに。ホントよ」

明里が見つめると、陽平は不安げな顔をした。

「で、でも……もしホントに出ちゃったら」

「心配しないで、大丈夫な日だから……安心していいわ、中に出しても」

言った瞬間、膣の中で陽平のペニスがビクビクと震えた。

「あん……中で動いてっ……ウフフ……いやだ、中に出してもいいって言ったら、こんなに興奮して……ホントはお義母さんを妊娠させたいのね？」

陽平はカアッと顔を赤らめて小さく頷いた。

（あん、可愛いっ……）

揺さぶられて、さらに激しく奥を貫かれる。

しかし、どんなに乱暴にされてもだ。

明里は至福を感じていた。

「くうう、明里さん、僕、もう……」

陽平の顔が歪んだ。

膣内で切っ先がふくらんでいく。

（陽くんに入れられて、私、きっとイクわ）

陽平にしがみつく。

その瞬間、陽平はとどめとばかりに最奥を穿ってきた。

「あああんっ、はあああっ！」

熱い精液が膣内で噴き出した。

胎内にドクドクと息子の遺伝子が送り込まれ、染み渡っていく。

「あンッ……すごい。熱いのが、たくさん……」
明里はビクンビクンと震えながら、さらに強く陽平の裸体を抱いた。
バストがギュッと押しつぶされ、じわあっとミルクが噴き出した。
ふたりの身体を白く染めていく。
「ああ、明里さんの中に……気持ちいいっ」
陽平もギュッと抱きしめてくれる。
(私も中に出されてうれしいわ……たとえ、妊娠したとしても……)
愛おしかった。
ようやく、息子と絆を紡げた。
(このおっぱい……これからは、大きなお兄ちゃんにもあげないとね)
明里は大きな赤ちゃんをかかえ、小さく微笑むのだった。

エピローグ

「いいホテルですね、雪深い中にひっそりしていて、静かで」

ホテルのラウンジの奥の席に座った葵が、窓の外を見ながら言う。

彼女はクリーム色のカーディガンに、淡い色のミニスカート。ショートヘアの似合うアイドルのように可愛い若妻だ。

「ホントね。そういえば向こうのほうに小さな露天風呂があるって訊いたわよね？あそこ、たまにお猿さんが入りにくるんですって」

ニッコリと上品に微笑む紗菜は、グレーのニットにフレアスカートというミセスの落ち着いた装いだ。

もうすぐ四十歳になろうというのに、若々しく、それでいて年相応の色香がムンムンと漂っている。

「可愛いっ、私も見てみたいわ」

はしゃぐ明里は、ゆったりしたワンピースだ。前がボタン式で簡単に開くので、授乳しやすいから楽だと、気に入って着ている。

彼女は顔立ちのはっきりした人目を引く美人であり、ホテルについてからもチラチラと男たちに見られているのを見て、ずっと陽平はムッとしていた。

（義母さんだけじゃないよ。高明のお母さんも葵先生も、男たちにいやらしい目で見られて。みんなタイプは違うけどすごい美人だから、注目されて困っちゃうな）

三人が目立つので、父親たちを待つホテルのラウンジでも、植木に隠れた奥まったところに陣取っている。

高明とは小学校も同じだ。だから高明の母、紗菜は当時の息子の担任、葵とは知り合いであった。

陽平が「今は家庭教師をしている葵先生に教わって、勉強ができるようになった」と紗菜に伝えたことから、紗菜と葵は連絡を取って仲良くなった。

それに加えて、子どもを産んだばかりの明里も加わり、三人のママ友は家族ぐるみでの付き合いになったのだ。

もちろん三人と関係がある陽平は、その話題が出るだろうなと当然ながらびびっていた。

だがママ友三人は、各々が陽平と関係を持っていると知り、最初は呆れたものの、今は陽平をシェアするような良好な関係性だった。

そしてママ友たち三人は、温泉旅行を計画したのだが、

「せっかくなら家族で行こう」

と、三家族が集まったというワケだ。

小さい子どもたちは、ラウンジの向こうの目の届くところで遊んでいる。

父親と、紗菜の旦那、つまり高明の父親であるおじさんは、カウンターに並んでチェックインを待っている。

葵の夫と高明は、仕事と部活の都合で不参加だ。

(確かにいいホテルだなあ)

雪景色を見ながら、陽平は大人ぶってソファに深く腰掛け、珈琲に口をつける。

(にがっ……)

高校生になっても、いまだブラック珈琲は苦手だ。

顔を歪ませると、隣に座っていた明里がクスクス笑う。

「義母さん、笑わないでよ」

馬鹿にされたお返しだ。

明里の耳元でささやくと、明里は真っ赤な顔をして陽平を睨んだ。

「な、何を言い出すの！　む、無理よ……ここでは……」

「えーっ、お願いっ」

陽平が手を合わせると、真っ赤になっていた明里は、きょろきょろと周りを見る。

「も、もう二度としませんからねっ」

誰も見てない隙をついて、明里はコートで隠しながらも、ワンピースの胸を開け、フロントホックのブラジャーを外しておっぱいをぽろりと露出させる。

そして、乳首を珈琲カップに向けると、たらたらと白いミルクがこぼれて珈琲に白い渦ができていく。

「これが好きなんだよね。義母さんの母乳カフェオレ」

「もうっ！　人前ではこんなこと絶対にしないって言ったのに」

ブラを直し、瞳を潤ませた明里が叩くフリをする。

「ひゃっ、ごめんっ。でも、恥ずかしがる義母さんの顔っ、可愛いんだもん」

そう言うと明里は、

「もう……」

と、ぷうっとふくれて、フンと横を向く。

(ああ、可愛いっ。この顔を見たいから、またイタズラしちゃうんだよな)

母乳カフェオレを飲んでいると、父親と高明の父親のおじさんがようやくチェックインを終えてこちらに戻ってきた。

「ようやく終わったよ。部屋は新館だそうだ。ちょっと歩くけど、行こうか」

おじさんが日焼けした顔で、ニコッと笑う。

(ああ、昨日、紗菜さんと何回もエッチして中出ししてるから、おじさんの顔をまともに見られないよ)

昨日、学校の帰りに紗菜の家に寄り、美熟女の子宮に二度も精液を注入したのだ。

紗菜もちょっと恥ずかしそうに、旦那とこちらの顔をちらちら見ていた。

「陽平、俺と高明くんのお父さんは、明日早く帰るから。あとの二泊は頼むな」

父親が急に言い出して、陽平は驚いた。

「は？　えっ？」

「仕事だからさ。帰りは新幹線予約してあるから、よろしくな」

「えっ、じゃあ明日からは、僕ひとりと義母さんたち三人、それに海斗たち……」

「まあそうだな」

歩きながら、三人の美女たちが幼子を連れつつ、こちらを見てニコッとする。

（子どもたちがいるっていっても、まだ小さいし……実質、義母さんとおばさん、それに葵先生と僕の四人だけの温泉旅行……）

心臓がドキドキした。

（ということは、三人としっぽり二晩エッチできる……子どもたちを寝かしたあとは、義母さんやおばさんや葵先生を抱けるんだっ）

「ウフフ、よろしくね、陽くんっ」

「陽平くん、頼りにしてるわよ」

「もう高校生だものね、大丈夫よね、陽くん」

三人の人妻たちの表情が、なんとなく艶めいていて、陽平は生唾を飲み込んだ。

（さ、三人ともいいの？　旦那さんたちがいなかったら僕、いろんなエッチなことしちゃうけど……）

股間がふくらむのをなんとか気をつけて歩いていると、葵がそっと身体を寄せておっぱいを押しつけてきた。

「ウフフ。陽平くん、実はコスプレ持ってきちゃったの。だから最初は私ね」

「え？」

驚くと、隣にいた紗菜も反対側から身体を寄せてくる。

「葵先生、順番はあとで決めましょうよ」

「あら、ずるくないですか、ふたりとも。息子を独占しないでください」

背後から明里がギュッとお尻をつねってきた。

「あうっ！　何するんだよ、義母さん」

「だって、なんかムッとしちゃったんだもん。私のこと好きって、あの告白はウソだったの？」

「そ、そんなことないよ、だけど……」

困っていると、

「ママー」

と、足元でちょこちょこ歩いていた海斗が、母に抱っこをせがんでいた。

明里がひょいと抱くと、

「おっぱいー」

と、明里の胸元をまさぐっている。

「あん、海斗っ、もうすぐ卒乳なのに……甘えんぼさんねえ」

「卒乳って大変よ、明里さん」

と、紗菜。

「そうそう。なかなか乳離れってできないのよ。こっちの大きな赤ちゃんもね」

と、葵が目を細めて陽平を見てくる。

「いや、その……」

「まあでも、もうすぐ私たちもおっぱい出なくなるでしょうからね。でも、うふん、私、まだ陽くんのミルク離れはできそうもないのよね」

紗菜が笑う。葵も明里も、媚びた目で見つめてきた。

(も、もうどうなっても知らないからなっ……ホントに一晩中、三人に種づけしちゃうから……)

半ば自棄になり、陽平は苦笑いした。

夢のような暮らしは、まだまだ終わりそうもなかった。

母乳しぼり わいせつミルクママ
（ぼにゅうしぼり わいせつみるくまま）

二〇二二年 二 月 十 日 初版発行

著者◉阿里佐薫【ありさ・かおる】

発行◉マドンナ社
発売◉二見書房 東京都千代田区神田三崎町二-一八-一一
電話 〇三-三五一五-二三一一(代表)
郵便振替 〇〇一七〇-四-二六三九

印刷◉株式会社堀内印刷所 製本◉株式会社村上製本所 落丁・乱丁本はお取替えいたします。定価は、カバーに表示してあります。
ISBN978-4-576-22005-5 ◉Printed in Japan ◉©K.arisa 2022

Madonna Mate